Vanessa Walder

Der Feuerflug des Elfenkönigs

Vanessa Walder

Der Feuerflug des Elfenkönigs

Mit Illustrationen von Almud Kunert

Loewe

Für Tatjana. Wieder und immer.

FSC
www.fsc.org
MIX
Papier aus verantwortungsvollen Quellen
FSC® C014496

ISBN 978-3-7855-7372-3
1. Auflage 2011 als Loewe-Taschenbuch

Umschlag- und Innenillustration: Almud Kunert
Umschlaggestaltung: Christian Keller
Printed in Germany (007)

www.loewe-verlag.de

Inhalt

Ein unnatürliches Wesen

Der Wind fegte pfeifend über die schneebedeckte Hochebene und warf sich wütend gegen das Einzige, was sich ihm in den Weg stellte. Doch die kleine Hexe bewegte sich nicht. Sie zog nicht einmal den Schal höher, um ihre Wangen vor den nadelspitzen Eiskristallen zu schützen. Knietief stand sie im Schnee und spürte die Kälte trotzdem nicht. Ein stärkeres Gefühl hatte sich in ihr ausgebreitet: Furcht.

Das passierte nicht oft. Yvelle zitterte weder vor Wölfen noch vor Greifen. Sie wusste, welche Beeren und Pilze und Schlangen giftig waren und wie man sie mied. Nur Pechvögel fielen Lawinen zum Opfer oder wurden von den reißenden Fluten eines Sturzbaches mitgerissen. Yvelle kannte den Zauberwald, seine Bewohner und seine Gefahren. Mit Umsicht, Wissen und Verstand gab es keinen Grund, den Wald zu fürchten. Doch dies hier … stimmte nicht.

Mit brennenden Augen starrte Yvelle das Wesen an, das vor ihr auf einem gefrorenen Schlehenzweig hockte.

Äußerlich sah es aus wie ein Vogel. Ein Rotkehlchen, *Erithacus rubecula.* Doch musste ihm etwas Grausames widerfahren sein. Vielleicht hatte ein Adler das arme Tierchen gejagt und es verletzt? Nur konnte Yvelle keinen Kratzer erkennen. Der Vogel war eine Kugel aus Federn mit dünnen Beinchen, winzigen Äuglein und einem kleinen Schnabel. Sein Kleid war hellgrau bis auf die orangerote Zeichnung, die am Kopf anfing und sich über die Brust zog.

„Guten Tag“, sagte Yvelle zaghaft.

Das Rotkehlchen kippte den Kopf leicht zur Seite und blinzelte. Yvelle erschauderte. Hilfe suchend blickte sie sich um. Ihr war gar nicht aufgefallen, wie weit sie sich vom Dorf entfernt hatte. Hinter ihr ragten schon die spitzzackigen Wände des Quellengebirges auf. Im Frühling würden hier aus kleinen Höhlen und tiefen Spalten kristallklare Wasserfälle sprudeln. Jetzt, im Winter, waren sie zu Eis erstarrt und glitzerten im letzten trüben Sonnenlicht wie diamantene Rauschbärte. Nur vereinzelt lugten lose Felsen und vereiste Äste und Büsche aus dem Schnee. Kein lebendiges Wesen weit und breit.

„Auch dir einen guten Tag“, brummte plötzlich eine tiefe Stimme.

Yvelle drehte sich um und erblickte einen gewaltigen blauschwarzen Schädel,

der hinter einem der Eisfälle auftauchte wie hinter einem Vorhang. Ein Schwarzbär! Erleichtert seufzte Yvelle auf. Sie war nicht mehr allein mit dieser Kreatur.

„Bist du gekommen, mich zu besuchen, Hexe?“, dröhnte er.

Yvelle warf einen Blick auf den Schneehang über der Bärenhöhle. Laute Geräusche konnten Lawinen auslösen. Sie legte einen Finger auf die Lippen und bedeutete dem Bären, näher zu kommen.

„Hallo, Marius“, sagte sie leise, als der Bär auf sie zutrottete. Der Wind zerzauste sein dichtes Fell und übersäte es mit Eiskristallen. Die gewaltigen Pranken sanken tief im Schnee ein, während der Kopf des Bären hin und her schlingerte und er die kurzsichtigen Augen zusammenkniff. Als er seinen Namen hörte, stutzte er. Dann erkannte er die Hexe.

„Yvelle! Jiiipiiieee!“

Das riesige Tier schüttelte sich vor Freude und rannte auf Yvelle zu. Die kleine Hexe schloss die Augen in Erwartung des Aufpralls. Als Marius ein Bärenkind gewesen war, hatte sie oft mit ihm im Wald gespielt. Damals war er nicht größer gewesen als ein Wolf. Inzwischen jedoch war er kolossal. Diese Tatsache hatte er aber offenbar noch nicht kapiert. Ausgelassen warf er sich auf Yvelle und drückte sie in einer Umarmung zu Boden, die ihr die Luft aus den Lungen presste.

„Ewig nicht gesehen!", jauchzte Marius. „Ganz ewig. Aber jetzt bist du da und wir können spielen!"

Er wälzte sich von Yvelle herunter, rappelte sich wieder auf und setzte sich vor sie. Yvelles Körper hatte einen tiefen Abdruck im Schnee hinterlassen. Ihr Blätterhut war ein paar Schritte weit geflogen. Schnee war in ihren Kragen gerieselt und hing in ihren blonden Locken. Sie kämpfte sich aus dem Loch auf die Beine, unterdrückte ein Niesen und klopfte die Flocken von ihrem Gewand. Marius beobachtete sie erwartungsvoll.

„Heb mich hoch, heb mich hoch!", bettelte der Bär ungeduldig.

Die Hexe traute ihren Ohren nicht. „Ist dir entgangen, dass du sogar im Sitzen ein ganzes Stück größer bist als ich?", bemerkte sie spitz.

Der Bär lachte vergnügt. „Bin ganz schön gewachsen, was?"

Yvelle nickte. „Ich kann nicht mal deinen Arm hochheben."

Traurig schaute der Bär an seinem gewaltigen Körper hinunter. Yvelle bemerkte, dass das Rotkehlchen den Bären ebenfalls betrachtete.

„Schade“, murmelte Marius enttäuscht. Doch sofort hellte sich seine Miene auf. „Ich kann dich tragen. Komm, kletter auf meinen Rücken.“

Yvelle legte wieder einen Finger auf die Lippen, schüttelte den Kopf und deutete auf das Rotkehlchen, das sie beide beäugte. Marius wandte den riesigen Schädel dem Schlehenbusch zu und entdeckte den Vogel.

„Oh, hab dich nicht gesehen“, sagte er. „Schönen guten Tag, Kollege.“

Das Rotkehlchen drehte den Kopf auf die andere Seite.

„Wie unhöflich!“, knurrte der Bär. „Ich sagte: Guten Tag!“

Erschrocken hüpfte der Vogel auf einen höher gelegenen Ast.

Der Bär wandte sich an Yvelle. „Was ist denn mit dem nicht in Ordnung? Hat er was gegen Bären?“

Da warf das Vögelchen den kleinen Kopf zurück, öffnete den Schnabel und fing an zu singen. „Zib-zib-ziiiiib, zib-zib-ziiiiib!“

Marius quietschte entsetzt, sprang hoch und landete auf dem Rücken im Schnee. Auch Yvelle wich erschrocken vor dem Rotkehlchen zurück.

„W-w-was tut er denn da?“, kreischte Marius.

„Er zwitschert“, sagte Yvelle bebend. „Das hat er vorhin schon getan.“

„Aber warum denn bloß?“

Yvelle schlang die Arme um den fröstelnden Körper und trat ganz nahe an den Bären heran, um in seinem Fell Deckung zu suchen. Erst dann sprach sie aus, was sie schon die ganze Zeit befürchtet hatte.

„Ich denke, er kann nicht sprechen“, flüsterte sie.

Marius riss die Augen weit auf und starrte die Hexe an. Aus den Augenwinkeln betrachtete er den Vogel. „Wie kann das sein?“, flüsterte Marius.

Yvelle zuckte die Schultern.

„Denkst du …“, wisperte Marius. „Denkst du, er will uns fressen?“

„Er ist ziemlich klein, findest du nicht?“, sagte Yvelle.

„Trotzdem“, beharrte Marius und musterte das Tier misstrauisch. „Er hat was Böses, Verschlagenes an sich. Vielleicht ist er verflucht? Kann sein, dass er einen Elfen geärgert hat …“

„Möglich“, sagte Yvelle, ohne es zu glauben. Die Elfen hatten gewiss die Macht,

einem Vogel die Stimme zu nehmen. Doch sie waren nicht grausam. „Aber ich fürchte, er versteht uns auch nicht."

„Meine Güte", sagte der Bär. „Wie gruselig. Ein Vogel, der nicht sprechen kann. Mir wird ganz schwummrig." Er blickte sich um. „Ist er allein? Womöglich hat er Verstärkung mitgebracht?"

„Ich war hier, um Schlehen zu sammeln", sagte Yvelle und deutete auf die blauen gefrorenen Beeren auf dem Strauch und in ihrem Korb. „Plötzlich war er da. Wahrscheinlich hat er es auch auf die Beeren abgesehen. Hier gibt es weit und breit nichts anderes zu fressen für ihn."

„Er frisst Bären?", quiekte Marius. „Aber du –"

„Beeren", sagte Yvelle geduldig. „Die blauen Kugeln an dem Strauch."

„Hoffentlich weiß er das auch."

Yvelle spürte, dass die Entdeckung dieses Vogels wichtig war. Sie musste so schnell wie möglich der Hexenversammlung davon erzählen.

„Ich werde ihn fangen", beschloss sie und sah sich auf der Schneefläche um. Die Sonne war bereits hinter den Gipfeln verschwunden und hatte den Himmel leer zurückgelassen. Nicht ein einziges Wolkenwesen war zu sehen. Nicht mehr lange und es würde stockdunkel sein. Dabei war der Abstieg ins Tal schon bei Tageslicht riskant.

„Einfangen?“, keuchte Marius. „Bist du verrückt? Hilf mir lieber, ihn zu verjagen. So eine Bestie will ich nicht vor meiner Höhle haben. Komm, wir bewerfen ihn mit Eiszapfen.“

Yvelle schüttelte den Kopf. Sie stapfte zu ihrem Hut, hob ihn auf und drehte ihn um. „Das könnte gehen“, murmelte sie und zog die Strohbänder heraus. „Jetzt brauche ich noch Zweige.“

Marius beobachtete verwirrt, wie die kleine Hexe Zweige von den Büschen brach und sie dann aneinanderband.

„Willst ihn mit einem Wurf erledigen, was?“, meinte er anerkennend.

Yvelle runzelte die Stirn. Sie befestigte die Zweige an ihrem Hut.

„Fertig“, sagte sie. „Jetzt müssen wir ihn nur noch erwischen.“

Marius rümpfte die Nase. „Was soll das sein?“

„Darin werde ich den Vogel fangen und ihn ins Dorf bringen.“

Langsam ging sie zu ihrem Korb. Sie beachtete das Rotkehlchen nicht weiter. Ohne Hast pflückte sie die letzten Beeren von dem Busch.

„Sei bloß vorsichtig!“, rief Marius aus sicherer Entfernung.

„Zib-zib-ziiib“, machte das Rotkehlchen und schlug mit den Flügeln.

„Er greift an!“, brüllte Marius.

Yvelle legte die blauen Beeren in ihren Hut und klappte das Geflecht aus Zweigen an einer Seite zurück. Sie nahm die Schnur, die sie daran befestigt hatte, und entfernte sich einige Schritte.

„Und jetzt?“, fragte Marius atemlos.

„Wir warten.“

Das Rotkehlchen beäugte die Beeren. Es hüpfte ein paarmal auf seinem Ast auf und ab und drehte dann das Köpfchen.

„Alle anderen Büsche sind leer gepflückt“, sagte Yvelle leise.

Offenbar hatte das Vögelchen gerade dasselbe festgestellt. Zögernd hüpfte es auf einen Ast weiter unten und blickte sich erneut um. Dann flog es hinunter zu den Beeren. Zaghaft streckte es den Schnabel aus, musste aber weiter hüpfen, um die Schlehen erreichen zu können. In dem Moment zog Yvelle an der Schnur und die Falle klappte zu.

„Siiiiieg!“, brüllte Marius. „Wir haben ihn erwischt!“

„Zib-zib-zib-zib“, schimpfte das Rotkehlchen und hüpfte aufgeregt in seinem Gefängnis herum.

Yvelle befestigte die Zweige auch auf der anderen Seite mit Schnüren an ihrem Hut. Nun traute sich der Bär näher heran und beäugte den Vogel. „Ja, jetzt spuckst du keine großen Töne mehr, was?“, sagte er. „Du bist unser Gefangener. Also mach keine Mätzchen, kapiert?“

„Ich muss ihn sofort ins Dorf bringen“, sagte Yvelle.

„Aber … es ist dunkel“, stellte Marius unbehaglich fest. „Du könntest in meiner Höhle –“

„Nein, es ist dringend.“

Sehnsüchtig wandte sich der Bär zu seiner Behausung hinter dem Vorhang aus Eis um. Eigentlich sollte er Winterruhe halten. Er überlegte.

„Na schön“, brummte er. „Steig auf. Ich trage dich nach Hause.“

Yvelle zögerte. Keine der anderen Hexen wusste von ihrer Freundschaft mit dem Bären. Es war Gesetz unter den Hexen, dass sie sich aus den Angelegenheiten der Waldbewohner heraushielten. Hexen blieben unter sich. Aber auf dem Rücken des Bären würde Yvelle nicht nur schneller ankommen. Sie hätte auch einen Begleiter in der Dunkelheit und müsste nicht alleine durch den Schnee stapfen. Er konnte sie ja vor dem Dorf absetzen.

„Danke“, sagte sie und kletterte mit dem Käfig auf seinen Rücken.

„Warum ist der Kerl denn so wichtig?“, fragte Marius, als er sich schwerfällig in Bewegung setzte. „Könnt ihr ihn heilen?“

Yvelle vergrub ihre Beine im dichten Fell des Bären und genoss die Wärme. Sie durchzog ihren Körper und taute ihre Füße und Hände schmerzhaft auf. Zum ersten Mal merkte die Hexe, wie müde sie war.

„Ich glaube nicht, dass der Vogel krank ist“, sagte sie, während Marius bedächtig den schneebedeckten

Berghang hinunterrutschte. Unten im Tal lag schwärzer als die Nacht der Zauberwald vor ihnen. Auf der anderen Seite streckte sich ein Hügel dem Mond entgegen. An seiner Spitze flammten in diesem Augenblick nacheinander die Lagerfeuer und Kerzen in den Hütten der Hexen auf. Kleine Feuerkreise voller Wärme und Sicherheit. Zu Hause.

„Was hat er denn dann?“, fragte Marius.

„Zik-zik-zik“, machte das Rotkehlchen verstört.

„Ich glaube“, sagte Yvelle matt, „er stammt nicht aus unserer Welt. Es könnte sein, dass dieser Vogel aus der Menschenwelt kommt.“

Marius erstarrte mitten in der Bewegung und warf den Schädel herum. „Aus der Menschenwelt?“, brüllte er.

Seine Worte wurden von der Bergwand zurückgeworfen.

„Psst!“, machte Yvelle besorgt. „Du löst noch eine Lawine aus!“ Doch alles blieb ruhig. Sie vergrub den Kopf im Nackenfell des Bären und murmelte: „Was der Vogel genau bedeutet, weiß ich nicht.“

Das Fell kitzelte sie in der Nase. Schnell hob sie den Kopf, aber es war zu spät. Yvelle musste niesen. Wieder erstarrte der Bär und sie hielten beide den Atem an. Einen Moment lang

war es still, nur das leise Geräusch des Windes über den schneebedeckten Flächen lag in der Luft. Doch plötzlich hörten sie ein Knacken und Zischen. Yvelle kannte diesen Laut: So klang es, wenn sich eine Lawine löste und die Verfolgung aufnahm.

„Oh-oh", sagte Marius. Er sprang bäuchlings in den Schnee und streckte Arme und Beine von sich. In atemberaubendem Tempo rutschten sie über den Abhang auf den Zauberwald zu, während die Lawine hinter ihnen knurrend und tosend alles verschlang und nach ihnen griff. „Wuhhiiieee!", brüllte der Bär aufgeregt. „Festhalten, jetzt geht's loooos!"

Kobolde in der Kreidezeit

Erik betrachtete die Reißzähne des *Megalosaurus*, der drohend vor ihm aufragte – und gähnte. Das lag nicht ausschließlich daran, dass der Saurier als Nachbildung im Naturkundemuseum stand. Erik hatte gestern Nacht auch einfach zu wenig geschlafen. Schuld war die Freundin seines Vaters.

Linda hatte vor Kurzem ihr erstes Kinderbuch veröffentlicht. Weil die Geschichte dazu Erik und Ariane eingefallen war, hatten sich die beiden etwas wünschen dürfen. Was hatte Linda denn erwartet? Erik war zwölf. Natürlich hatte er sich eine Spielkonsole und Videospiele gewünscht. Wie konnte Linda bloß so verantwortungslos sein, ihm diese Wünsche zu erfüllen?

Linda hatte außerdem einen neuen Fernseher fürs Wohnzimmer gekauft und der alte stand jetzt in Eriks Zimmers. Jede freie Minute verbrachte Erik vor diesem Fernseher. Sobald sein Vater oder Linda ins Zimmer kamen, schaltete er ihn aus und tat so, als würde er lesen. Kaum war die Zimmertür ins Schloss gefallen, erwachte das Bild zu neuem Leben.

Mit der Fernbedienung konnte Erik den Figuren

in den Videospielen befehlen zu springen, zu laufen, sich zu ducken oder zu kriechen. Er hatte schon richtig Muskeln entwickelt, seitdem er sie hatte: vor allem in den Daumen. Außerdem hatte er Funkkopfhörer, damit er selbst dann in voller Lautstärke spielen konnte, wenn alle anderen in der Wohnung schliefen. Das nutzte er natürlich aus. Er war schließlich auch nur ein Junge.

Erik gähnte und rieb sich die Augen. Er versuchte, sich darauf zu konzentrieren, was der Museumsführer erzählte. Eigentlich machte der Mann seine Sache gar nicht schlecht.

„Stellt euch die Welt vor achtzig Millionen Jahren vor", sagte er gerade. „Die Kreidezeit! Der Großkontinent Gondwana zerfällt mehr und mehr in einzelne Landteile. Am Boden der Ozeane spucken Vulkane glühendes neues Land aus dem Erdinneren. Die Erde ist warm. Riesige Dinosaurier bevölkern das Land. Doch die Herrscher der Lüfte sind diese Kreaturen hier – Flugsaurier. Der *Pteranodon* hatte eine Flügelspannweite von acht Metern, der *Quetzalcoatlus* sogar eine von zwölf! Ihr könnt an den Modellen über euren Köpfen sehen, wie gigantisch diese Kreaturen waren."

„Was haben sie gejagt?", fragte Eriks Freund Ramon. Er drehte seine Baseballkappe um, damit er besser nach oben blicken konnte.

„Nun … in erster Linie haben sie … äh … Fische gefressen“, druckste der Museumsführer herum. Er spürte, dass die armen Flugsaurier durch diese Information ganz entschieden weniger aufregend wurden. „Und Plankton“, fügte er kläglich hinzu.

„Plankton?“, fragte nun auch Eriks Lehrerin Frau Giesemann mit Blick auf das Modell über ihrem Kopf. „Sie meinen, diese enormen Saurier haben winzig kleine Meeresorganismen gefressen?“

Der Museumsführer nickte eifrig. „Beeindruckend, oder?“

Die meisten Schüler teilten seine Ansicht wohl nicht. Sie sahen sich sehnsüchtig nach den fleischfressenden Dinosauriern im nächsten Raum um. Erik grinste. Er stellte sich vor, wie seine Klassenkameraden reagieren würden, wenn sie tatsächlich mal so einem Vieh begegneten. Einer Kreatur, die gigantisch groß war, fliegen konnte und alles fraß, was ihr vor die Schnauze kam. Sie würden schreiend davonlaufen oder schlicht in Ohnmacht fallen, da war er sich sicher.

Erik war da anders. Und Ariane erst recht! Sie hätte sogar einem lebenden *Megalosaurus*

furchtlos ins Auge geblickt. Aber Eriks Schwester war nicht hier. Lindas Tochter war ein Jahr jünger als Erik und ging noch in die fünfte Klasse.

„Weiter geht's im nächsten Raum“, verkündete der Museumsführer.

Also schlurfte Erik brav hinter den anderen her auf ein neues Zeitalter zu. Abgesehen von den beiden sechsten Klassen des Gutenberg-Gymnasiums waren kaum andere Besucher im Museum. Es war Donnerstagvormittag. Der Himmel draußen war zwar nach wie vor von einer dicken Wolkenschicht verhangen, aber es war drückend heiß. Im Museum hingegen sorgte die Klimaanlage dafür, dass man beinahe fror. Erik ertappte sich bei dem Gedanken, dass er lieber in der Schule gewesen wäre. Die nächste Woche war die letzte vor den Sommerferien. Darum fand kaum noch normaler Unterricht statt. Frau Giesemann hatte ihren Schülern zum Schulschluss ein bisschen Spaß bieten wollen, wie sie sagte. Doch statt mit ihnen ins Freibad zu gehen, mussten sie den Tag frierend in dem dunklen, kalten Museum verbringen und sich diese uralten Skelette ansehen, die reglos herumstanden und – reglos?

Erik fuhr herum. Er hatte aus den Augenwinkeln

eine Bewegung wahrgenommen. Aber soweit er sehen konnte, befand sich außer ihm niemand mehr in der Kreidezeit.

Erik kniff die Augen zusammen und betrachtete noch einmal alle Modelle. Natürlich bewegte sich keines von ihnen! Was für ein dummer Gedanke. Er war bloß übermüdet. Erik wandte sich wieder um und wollte zu seinen Klassenkameraden gehen, die jetzt im nächsten Saal um eine Schautafel standen. Da hörte er leise Stimmen hinter sich. Es klang, als würden Kleinkinder streiten.

Wieder drehte Erik sich um – und jetzt sah er es: Der *Megalosaurus* wedelte mit dem Schwanz. Eriks Unterkiefer sackte auf seine Brust.

Er blickte sich schnell zu seinen Klassenkameraden um, aber keinem schien aufzufallen, dass er nicht da war. Also schlich er sich an den *Megalosaurus* heran. Die Kinderstimmen wurden lauter.

„Sag schon was, du großer Dussel!“, quietschte eine Stimme.

„Na, gefällt dir das?“, eine andere.

„Der hat doch was!“, stellte eine dritte fest. „Nicht ganz richtig im Kopf, der Bursche! Hey, wehr dich doch, du Trine!“

Die Stimmen erinnerten Erik an etwas. Sein Gehirn schickte ihm Informationen. Er beschloss, sie nicht zu beachten. Das war doch total verrückt, völlig unmöglich und obendrein bescheuert. Offenbar hatte er durch das ständige Computerspielen irgendwas da oben beschädigt. Es gab bestimmt eine ganz einfache Erklärung. Sicher spielten ein paar Kleinkinder mit dem Sauriermodell.

Erik ging um das Modell herum und stellte fest, dass er recht hatte. Es gab eine einfache Erklärung dafür, dass der *Megalosaurus* mit dem Schwanz wedelte: Drei Kobolde spielten mit ihm.

Einer hob den Kopf und starrte Erik an.

„Oiii“, rief der Kobold. „Da is wieder einer.“

Die anderen beiden ließen von dem Saurier ab und blickten Erik an.

„Bäh!“, sagte der dickste von ihnen und rümpfte die Nase. „Der ist ja noch hässlicher als die anderen. Guckt nur, wie viele Haare er aufm Kopf hat!“

Erik betrachtete die drei Zauberwesen und überlegte. Ob er noch zu Hause war und träumte? Er fühlte sich nicht, als würde er schlafen. Aber das waren Kobolde. Sie waren kaum größer als Babys, ebenso kahl, trugen Lendenschurze und hatten Schlappohren mit Haaren an den Spitzen. Aus großen Kulleraugen blickten ihn die drei abschätzend an.

„Was mach'n wir denn jetzt?", fragte der dünnste Kobold.

„Hau'n wir ab", schlug der mit dem dicken Bauch vor. „Bevor der Dussel uns Ärger macht." Damit hüpfte er auf den Boden.

„W-was macht ihr hier?", fragte Erik. Er musste sich räuspern, weil seine Stimme ihm nicht ganz gehorchte.

Der Kobold auf dem Boden erstarrte und wandte sich an die anderen.

„Spricht der mit uns?"

„Naaa", sagte der dritte, der im Gegensatz zu seinen Kollegen zwei Zähne hatte. „Die erkennen uns nicht."

„Die dicke Drummel vorhin hat uns für Apfen gehalten", sagte der Dünne.

„Affen", verbesserte der dicke Kobold ihn herablassend. „So nennt man kleine Menschen."

Erik beschloss, später darüber nachzudenken, ob er träumte. „Ihr seid Kobolde", sagte er laut. „Ich kann euch sehen!"

Jetzt kletterten auch die anderen beiden auf den Boden und drängten sich dicht an den ersten.

„Duuhuu, Kalau“, sagte der mit den Zahnstummeln und stupste den ersten mit dem Finger in den Bauch. „Ich glaube, der erkennt uns doch.“

„Und er kann uns verstehen“, mutmaßte der dünne Kobold.

Kalau verschränkte die Arme. „Völlig unmöglich.“

„Natürlich verstehe ich euch!“, platzte Erik heraus.

Der erste Kobold sah ihn abschätzend an. „Der blufft doch.“

„Ich glaube nicht“, piepste der mit den Zahnstummeln. Er begutachtete Erik und plötzlich wurden seine Kulleraugen noch größer und runder. „Ist das … das ist doch … *der* Junge!“

„Quatsch!“, knurrte Kalau. „Das kann nicht sein. Weißt du, wie viele Menschen es in der Menschenwelt gibt, Kiwwel? Hunderte!“

„Und die sehen alle gleich aus“, ergänzte der dünne Kobold.

Ungeduldig trat Erik einen Schritt auf die Kobolde zu. Sie kreischten und wichen erschrocken zurück.

„Ich tu euch nichts“, sagte Erik und hob beschwichtigend die Arme. „Aber ihr dürftet nicht hier sein. Verschwindet, bevor euch jemand sieht.“

„Du hast uns gar nichts zu befehlen, Menschlein!“, rief der Kobold mit den zwei Zähnen, den der Dicke Kiwwel genannt hatte. Er legte den Kopf zur Seite und streckte fordernd eine Hand aus. „Gib uns deinen Zauberzieler und wir sind schon weg.“

„Meinen was?“ Erik trat ein paar Schritte zurück und warf einen Blick über die Schulter. Er konnte seine Klassenkameraden nicht sehen, aber bestimmt würde seiner Lehrerin bald auffallen, dass er verschwunden war.

„Ich glaube, er will abhauen“, erklärte der Dünne.

„Auf ihn!“, rief Kalau.

Die drei Knirpse rannten auf Erik zu und umklammerten seine Beine. Kalau versuchte, ihn mit seinem zahnlosen Kiefer zu beißen. Erik kicherte.

„Hört auf!“, rief er. „Das kitzelt!“

„Er lacht“, krähte der dünnste Kobold triumphierend. „Er hat Schmerzen!“

Erik kringelte sich vor Lachen und versuchte dabei gleichzeitig, möglichst leise zu sein.

„Hört auf!“, keuchte er und erwischte den dünnen Kobold am Lendenschurz. „Sonst hört uns noch –“

„Frau Giesemann!“, brüllte Ramon. Er stand am Eingang zur Kreidezeit und glotzte Erik an. „Hilfe! Erik wird angegriffen!“

Die Kobolde erstarrten. Einer war an Erik hochgeklettert und hing an ihm wie ein Rucksack. Ein anderer klammerte sich an sein Bein. Der dritte baumelte wie ein nasser Sack in dem Lendenschurz, den Erik festhielt.

„Ui“, machte Kalau und ließ Eriks Bein los. Er grinste Ramon zahnlos an.

„Kusch!“, brüllte Ramon. „Lasst meinen Freund in Ruhe, ihr Viecher!“

Hinter ihm erschien Frau Giesemann. „Meine Güte“, stieß sie fassungslos hervor. „Was – was ist das denn?“

Die Kobolde starrten Erik an. Erik starrte seine Lehrerin an und sagte das Erste, was ihm einfiel: „Affen.“

Frau Giesemann machte ein paar Schritte auf ihn zu, wandte sich dann um und rief in den anderen

Raum: „Herr Trahn, Hilfe! Einer meiner Schüler wird angegriffen von ... von Affen!“

Sprach- und bewegungslos stand Erik da und versuchte zu überlegen. Er musste verhindern, dass die Kobolde gefangen wurden. Noch wichtiger war, dass die Knirpse nicht hinaus auf die Straße liefen und die Stadt unsicher machten. Dummerweise schloss das eine das andere aus. Ehe Erik eine Entscheidung treffen konnte, brüllte der dicke Kobold:

„Abhauen, Leute! Rückzug!“

Der Kobold, den Erik festhielt, machte einen Salto vorwärts, der ihn aus seinem Lendenschurz katapultierte. Der andere glitt von Eriks Rücken und alle drei rannten auf den Ausgang zu. Erik wusste nicht, ob er ihnen folgen oder ihnen helfen sollte zu entkommen. Er tat gar nichts, bis seine Lehrerin neben ihm stand und ihn bei den Schultern packte.

„Bist du in Ordnung?“, rief sie zitternd. „Hat dich einer gebissen?“

Erik schüttelte den Kopf und sah gerade noch, wie der nackte Hintern des dritten Kobolds um die Ecke verschwand.

Auch seine Klassenkameraden und der Museumsführer eilten zu ihm.

„Was haben Sie gesagt?“, rief der Mann. „Wer wird angegriffen?“

„Affen!“, sagte die Lehrerin und deutete in die Richtung, in die sie geflohen waren. „Hier waren drei Affen.“

Der Mann kratzte sich am Kopf. „Sind Sie sicher? Wie sollen die denn hier hereingekommen sein?“

Eriks Lehrerin starrte auf den Lendenschurz in Eriks Hand. „Waren die etwa *angezogen*?“

„Wahrscheinlich gehören sie jemandem“, überlegte der Museumsführer. „Ich verständige den Direktor.“ Er marschierte Richtung Ausgang, drehte sich aber noch einmal um. „Äh … ist der Junge verletzt?“

Erik schüttelte erneut den Kopf.

„Gott sei Dank!“ Der Mann seufzte und ging weiter. „Hätte uns grad noch gefehlt. Eine Klage wegen ’ner Affenattacke!“

„Du stehst unter Schock, Erik“, stellte Frau Giesemann fest. „Am besten wir lassen dich sicherheitshalber gegen Tollwut impfen.“

„Das bin ich schon“, log Erik. Sein Gehirn funktionierte endlich wieder. „Ich … eigentlich will ich nur nach Hause, Frau Giesemann.“

Die Lehrerin zögerte. Die anderen Schüler standen hinter ihr und starrten Erik an. Ramon trat zu ihm und betrachtete neugierig den Lendenschurz.

„Ist das ’ne Windel?“, fragte er. „Und warum waren die Affen nackt? Hast du schon mal Affen ohne Fell gesehen?“

„Ich … glaube, ich sollte mich hinlegen“, sagte Erik.

„Wie ist das passiert?“, fragte Frau Giesemann. „Wo sind die hergekommen?“

„Ich weiß nicht“, sagte Erik. „Ich wollte mir den *Megalosaurus* noch mal ansehen und plötzlich … sind die … Affen auf mich draufgehüpft.“

Frau Giesemann und die anderen Schüler blickten nach oben. Dort hingen die Modelle der Flugsaurier. Mit einem Mal waren sie sehr viel aufregender als vorhin noch.

„Kann dich jemand abholen?“, fragte Frau Giesemann.

Die umstehenden Schüler tuschelten und beäugten begierig die Modelle im Saal. Vielleicht waren ja noch irgendwo Affen versteckt?

Erik war heilfroh, dass Arianes Mutter zu Hause arbeitete. „Linda ist bestimmt da“, sagte er. „Darf ich sie anrufen?“

Frau Giesemann nickte und reichte Erik gerade ihr Handy, als ein Herr im Anzug in den Raum eilte und schnurstracks auf die Lehrerin zukam. Der Museumsführer folgte ihm auf den Fersen.

„Es tut mir so leid!“, sagte der Herr und streckte beide Arme nach Ramon aus, der vor ihm zurückwich. Anklagend wandte sich der Herr zu seinem Angestellten um. „Der arme Junge ist ja völlig verstört.“

„Das ist der arme Junge“, stellte Frau Giesemann richtig und deutete auf Erik.

„Oh.“ Der Mann verzog das Gesicht zu einer Maske der Anteilnahme. „Ich bin der Direktor des Museums, Dr. Beerenbohm. Es tut mir sehr leid, dass du in meinem Haus angegriffen worden bist.“

Erik lief knallrot an und trat von einem Bein aufs andere. „Ach, halb so wild“, sagte er. „Ich hab mich nur erschreckt. Sonst ist nichts passiert.“

„Wir können uns das nicht erklären“, sagte Herr

Trahn. „Aber wir haben die Behörden verständigt. Man wird die Affen verfolgen und einfangen."

„Wie … äh … schätzen Sie denn die Chance ein, dass die Zeitungen von dem Vorfall erfahren?", erkundigte sich Dr. Beerenbohm nervös.

Frau Giesemann sah ihre Schüler abwägend an. Die blickten mit unschuldigen Engelsgesichtern zurück. Die Lehrerin wandte sich wieder an Dr. Beerenbohm. „Ich würde sagen, hoch bis sehr hoch."

Einige Schüler kicherten.

Der Direktor schaute sie böse an und rieb sich die Stirn. „Dann geh ich mal raus und warte auf die Polizei. Sonst kann man wohl nichts machen."

Erik blickte auf das Handy. Er bezweifelte, dass die Polizei bei dieser Geschichte etwas ausrichten konnte. Es gab nur einen, der jetzt helfen konnte. Und Erik brauchte Ariane, um ihn zu erreichen. Dabei würde ihnen Frau Giesemanns Handy nichts nützen. Es gab keine Telefone im Zauberwald. Nicht einmal im Palast des Elfenkönigs.

Elfenfeuer

Es war Nacht im Zauberwald. Am wolkenlosen Himmel funkelten unzählige Sterne, als freuten sie sich über ihr Spiegelbild im Wasser des Sees. Der Schnee an den Ufern fing bereits an zu schmelzen und die Luft roch nach Frühling. Die Nixen und Wassermänner hatten sich in ihren Palast unter der Elfeninsel zurückgezogen und schliefen. Auch im Elfenpalast auf der Insel war alles still und dunkel. Nur im obersten Zimmer des höchsten Turms flackerte das Licht der Fackeln. Der Elfenkönig schlief nicht.

Leandro saß an seinem Tisch und hatte die Stirn auf die feingliedrigen Hände gestützt.

„Das macht mich wahnsinnig", sagte er laut. Entmutigt hob er den Kopf, um das Wesen anzusehen, das mit ihm im Turm saß. Der Greif hatte seinen Löwenkörper mit den Adlerschwingen durch das größte Fenster des Turmzimmers gezwängt und seine Flügel eng an den Körper gepresst. Der Schädel mit der Löwenmähne und dem Adlerschnabel ragte jedoch aus dem Fenster. Der Greif fühlte sich nicht

wohl, das spürte der Elf. Die Mauern um ihn herum gefielen ihm nicht. „Ich höre den Ruf“, erklärte der König. „Aber er ist zu leise. Es ist, als würde mir ständig jemand auf die Schulter tippen. Doch sobald ich mich umdrehe, ist er weg.“

Fliegen?

Der Greif hatte nicht gesprochen. Greife brauchten keine Stimme. Ihre Gedanken waren stark und konzentriert. Wie alle Elfen konnte Leandro sie hören. Er konnte die Gedanken aller Zauberwaldwesen hören, manchmal laut wie ein Brüllen, manchmal schwach wie ein Flüstern. Doch die Botschaft, die er seit Sonnenuntergang empfing, war zu undeutlich, um ihren Sinn zu begreifen. Leandro wusste nicht einmal, wer sie ihm schickte. Er wusste nur eines: Die Nachricht war für ihn gedacht. Und sie war wichtig. Sehr wichtig.

„Wir sind den ganzen Wald abgeflogen“, sagte Leandro. „Der Ruf wurde nicht deutlicher.“

Schlafen?

Leandro lächelte. Auch dieser Gedanke war klar und absolut logisch. Kann man keine Lösung finden, sollte man nicht auch noch Zeit verlieren, indem man sich darüber Sorgen machte. Ein Greif kannte keine Sorgen.

Sorgen kann man nicht fressen, bestätigte der Greif.

„Ich mache mir trotzdem Sorgen", sagte der Elf leise.

Sie fressen dich auf.

Leandro zuckte die Schultern. „Ich bin der König."

Das Unverständnis vonseiten des Greifs war wie eine Mauer. Außerdem hatte er Hunger. Leandro spürte sein Verlangen nach Fleisch und erschauderte.

„Geh jagen", sagte er und versuchte, nicht daran zu denken, welches arme Geschöpf der Greif wohl erlegen würde.

Da fühlte er, wie sich sein Gefährte versteifte.

Jemand kommt.

Leandro stand auf und trat zu ihm. „Wer?"

Beute.

Für den Greif gab es nur diese Bewertung – Bedrohung oder Beute. Ein einziges Wesen bedeutete für ihn Gefahr: ein Drache. Alle anderen Geschöpfe waren schwächer.

Leandro blickte aus dem Turmfenster hinab in die Dunkelheit. Er hatte weniger scharfe Augen, doch schließlich entdeckte er es ebenfalls. Da waren Fackeln am Ufer des Weidensees und sie bewegten sich.

„Drei?“

Sieben. Aber nur drei mit Feuer.

„Kannst du erkennen, wer es ist?“

Hexen.

Hier stimmten die Gefühle des Elfen mit denen des Greifs überein. Unbehagen. Leandro wusste fast nichts über die Hexen. Auf dem Flug über den Zauberwald hatte er auch das Dorf gesehen, in dem sie lebten, ganz oben auf dem Gipfel des Hexenhügels. Dort gewesen war er nie. Soweit er wusste, hatte auch niemals eine Hexe den Elfenpalast betreten. Selten mischten sie sich in die Angelegenheit der anderen Zauberwaldwesen ein. Man erzählte sich, die Hexen hätten magische Kräfte, über die nicht einmal die Elfen verfügten. Wie genau diese Kräfte aussahen, wusste jedoch keiner. Sie konnten wohl Krankheiten und Verletzungen heilen, taten es aber nie umsonst.

Die Fackeln leuchteten jetzt direkt vor den Schiffen am Ufer. Er schickte dem Kapitän des größten Ruderbootes eine Gedankenbotschaft und spürte, wie der Elf aus einem Traum hochfuhr. Erschrocken setzte er sich auf.

Majestät?

Besuch, ließ Leandro ihn wissen. *Bring ihn bitte zur Insel.*

Wer ist es? Der Elfenkönig spürte die Verwunderung des Kapitäns.

Hexen.

Sofort nahm Leandro bei seinem Kapitän die gleiche Beklommenheit wahr. Niemand hatte gern mit Hexen zu tun. Am allerwenigsten mitten in der Nacht. Das konnte nichts Gutes bedeuten.

Haben sie dich gerufen?, dachte der Greif.

Widerwillig schüttelte der Elfenkönig den Kopf. Er wusste, dass die Hexen nichts mit dem Ruf zu tun hatten. Er wusste es deshalb, weil er Hexen nicht hören konnte. Kein Elf konnte ihre Gedanken lesen. Mit großer Anstrengung spürte Leandro manchmal ein schwaches Echo ihrer Gefühle, wenn er einer ganz nahe kam. Doch das war mehr wie das Kräuseln von Wellen an der Oberfläche. Ihr Innerstes blieb ihm verborgen, als läge es auf dem Grund des Weidensees.

Er hatte nicht die geringste Ahnung, was diese sieben Hexen von ihm wollten. Am anderen Ufer setzte sich das Boot in Bewegung. Der Elfenkönig konzentrierte sich und schickte seine Gedan-

ken aus. Jeder Elf und jede Elfe im Palast erwachte. Innerhalb weniger Augenblicke floh die nächtliche Stille aus den Fenstern der Palasträume und machte den Geräuschen Platz, die nun folgten. Schritte und Stimmen, Türen, die geöffnet und geschlossen wurden, das Auflodern von Fackeln. Man machte sich bereit, den nächtlichen Besuch zu empfangen. Viel Zeit blieb ihnen nicht. Als der Greif aus dem Fenster flog, war das Boot bereits halb über den See gefahren. Leandro warf sich den weißen Umhang über die Schultern und verließ das Turmgemach.

Auf dem Weg in den Thronsaal brummte sein Kopf von all den Gedanken und Gefühlen um ihn herum. Es war, als würden selbst die alten Steinmauern tuscheln. Die Aufregung der anderen Elfen schwappte wie eine Welle auf den Thronsaal zu, als sich die Besucher näherten. Leandro hatte gerade noch Zeit, die Kristallkrone auf den Kopf und sich selbst auf den Thron zu setzen. Meistens war die Krone das Einzige, was auf diesem hölzernen Stuhl lag. Es war schon schwer genug, König zu sein, auch ohne das zusätzliche Gewicht auf dem Kopf. Doch etwas sagte dem Elfen, dass diese Nacht einen König erforderte. Mit allem, was dazugehörte.

Sobald die schweren Holztüren zum Saal

aufschwangen und die Hexen eintraten, erhob sich der Elfenkönig und straffte die Schultern. Fünf Elfen geleiteten die sieben Hexen in den Saal. Aller Augen waren auf ihn gerichtet.

„Willkommen im Elfenpalast“, sagte Leandro.

Die Hexen traten zögernd näher und drängten sich dabei dicht aneinander. Zwei Elfen schlossen die Türen zum Thronsaal hinter ihnen, doch keiner sagte ein Wort. Leandro wartete. Er musterte seine Besucher. Sie waren in dicke braune und schwarze Gewänder gehüllt, die ihre Körper nur erahnen ließen. Unter den unförmigen Blätterhüten lugten strohige Haare hervor. Die Gesichter waren kaum zu erkennen. Das Aussehen der Elfen veränderte sich nicht mehr, wenn sie einmal erwachsen waren. Das hatten die Hexen mit ihnen gemeinsam. Doch während Elfen immer jung und schön blieben, sahen Hexen offenbar stets alt und hässlich aus. Man konnte männliche und weibliche Hexen kaum voneinander unterscheiden. Ihre Haut war rissig und dunkel wie die von Kröten. Als nun eine der Gestalten vortrat und den Kopf hob, bemerkte Leandro zum ersten Mal, dass ihre Augen denen der Elfen glichen. Sie waren nicht violett wie seine, sondern braun, aber sie waren hübsch.

„Majestät“, sagte die Hexe. Ihre Stimme war rau und Autorität lag darin. „Mein Name ist Irmelin. Ich bin Vorsitzende des Hexenrates. Wir bedauern, Euch um diese späte Zeit zu stören. Wir sind auf dem schnellsten Weg gekommen und haben trotzdem zu lange gebraucht. Die Nachricht, die wir bringen, ist sehr ernst.“

Leandro nickte und setzte sich wieder auf den Thron.

„Der Weg vom Hexenhügel ist weit“, stimmte er zu. „Wir können –“

„Wir kommen nicht aus dem Dorf“, unterbrach ihn die Hexe. „Wir waren bei den Felsenfieslingen, Majestät.“ Die umstehenden Elfen rissen die Augen auf. „Zuerst mussten wir sicher sein, dass wir uns nicht täuschen.“

„Womit?“, fragte Leandro.

„Die Weltengrenze, Majestät. Sie ist zerbrochen.“

Der Elfenkönig blickte rasch aus dem Fenster, um sein Entsetzen zu verbergen. Er versuchte, die Gefühle der anderen Elfen zu verdrängen und sich auf seine Gedanken zu konzentrieren. Als er sich den Hexen wieder zuwandte, war sein Gesicht gefasst.

„Die Wolkenwesen?“, fragte er.

„Sie sind weg“, sagte die Hexe. „Offenbar gab es

Streit und sie sind in die Menschenwelt getrieben. Und zwar alle auf einmal."

Leandro kam der Gedanke, dass es vielleicht klüger gewesen wäre, die Hexen allein und ohne Zeugen anzuhören. Es gab Dinge, die nicht jeder wissen musste. Und diese Nachricht gehörte dazu.

Alle Elfen wussten, was und wo die Weltengrenze war.

Am Rande des Zauberwaldes ragte ein Gebirge auf, höher als jedes andere. An seiner Spitze streckten sich steinerne Hände zum Himmel – die Felsenfieslinge. Leandro hatte sie nur ein Mal gesehen. Er war mit seiner Mutter dort gewesen, als sie ihm die Krone übertrug, die nun auf seinem Kopf saß. Dort lag die Grenze seines Reiches, das Ende des Zauberwaldes.

„Wolkenwesen leben in beiden Welten", hatte seine Mutter gesagt und nach oben gedeutet. „Sie sind die einzigen Geschöpfe, die wir uns mit den Menschen teilen. Sie treiben durch ihre Welt und durch unsere. Doch immer achten sie darauf, dass niemand sonst die Grenze überschreitet."

Als junger Elf hatte Leandro oft von dieser anderen Welt geträumt. Er hatte sich gewünscht, sie einmal sehen zu dürfen. Zu prüfen, ob einige der alten Märchen die Wahrheit erzählten. Ob es da drüben tatsächlich riesige Dörfer aus Stein gab, in denen Feuer brannten, die kein Holz brauchten. Ob es Sommer gab, die länger als drei Tage dauerten, und ob all die seltsamen Wesen existierten, die er sich nicht vorzustellen vermochte. Doch sein Leben fand hier statt, im Palast. Hierher kamen die Zauberwaldwesen, wenn sie Rat oder Hilfe suchten oder Beschwerden vorzubringen hatten. Hier lag das Zentrum seines Reiches und seiner Macht und nur selten hatte Leandro es verlassen.

„Unsere Welten dürfen sich nicht vermischen“, hatte seine Mutter ihn gewarnt. „Sonst würden beide untergehen.“

Leandro hörte ihre Worte so deutlich, als hätte die alte Elfenkönigin sie gerade ausgesprochen. Es war, als erfülle ihr Echo noch den Thronsaal.

„Die Wolkenwesen sind Wanderer zwischen den Welten“, sagte nun auch Irmelin. „Doch nie reisen alle zur selben Zeit. Immer bleiben einige über dem Grenzgebirge und bewachen es. Jetzt sind sie alle gleichzeitig in der Menschenwelt und der Himmel über dem Zauberwald ist seit Tagen klar und wolkenlos.“

Die Hexe hatte recht. Warum war ihm das nicht aufgefallen? Als Leandro mit dem Greif über den Wald geflogen war, war ihnen nicht ein einziges Wolkenwesen begegnet. „Du hast nicht übertrieben, Irmelin", sagte Leandro. „Eure Botschaft ist mehr als ernst. Das Zerbrechen der Grenze bedroht die Sicherheit des Zauberwaldes und die der Menschenwelt. Wir müssen sofort handeln. Die Wolkenwesen müssen zurückkehren und der Streit geschlichtet werden."

Ein Elf meldete sich schüchtern. „Aber … die Felsenfieslinge sind doch noch da und –"

„Sie können nur auf dem Boden wachen", sagte die Hexe. „Der Himmel ist offen."

„Ich werde nach den Drachen schicken", erklärte Leandro. „Sie sollen den Himmel bewachen, bis die Wolkenwesen wieder da sind."

Die Hexen blickten sich untereinander an und zwei tuschelten miteinander. Dann nickte Irmelin einer kleineren Hexe zu.

„Yvelle", sagte die Anführerin.

Eine kleine Hexe trat vor und stellte einen Sack auf den Boden.

„Es könnte bereits zu spät sein", sagte die Anführerin der Hexen und die kleinere legte frei, was der Sack verborgen hatte. In einem Käfig aus Zweigen saß ein Vogel, der sofort anfing zu singen.

Zögernd trat Leandro auf ihn zu und beugte sich über den Käfig.

„Er ist –“, fing die Hexe an, doch Leandro hob eine Hand.

„Ich weiß“, sagte er. „Er stammt aus der Menschenwelt.“

Irmelin nickte. „Wir haben versucht, die Felsenfieslinge zu befragen. Doch sie weinen so sehr, dass sie nichts sehen können. Ihre Flammentränen überziehen bald das gesamte Grenzgebirge.“

„Es könnten also mehr fremde Wesen in unsere Welt eingedrungen sein?“, fragte einer der Elfen.

„Schlimmer“, sagte die Hexe, die den Käfig getragen hatte, mit heller Stimme. „Wir wissen nicht, ob jemand von uns in der Menschenwelt ist.“

Voll Entsetzen dachte Leandro an den Greif. Er würde auch in der Menschenwelt Beute finden … Der König richtete sich auf und blickte die anderen Elfen an.

„Ernesto, schick nach dem Drachen Obligo. Wir werden seine Hilfe brauchen. Und sendet einen Boten zu Bertram, dem Dachs. Bereitet unseren Gästen ein Mahl und Gemächer im Palast.“ Ernesto öffnete die schweren Holztüren, doch Leandro hob wieder eine Hand. „Zuallererst jedoch … entzündet die Elfenfeuer.“

Ernesto nickte und versuchte, sich seinen Schrecken nicht anmerken zu lassen. Seit Generationen hatte niemand die Fackel an der Spitze des höchsten Palastturmes entzündet. Sie zu entfachen war Zeichen höchster Gefahr für den gesamten Zauberwald. Im selben Moment, in dem sie entzündet wurde, würden auf allen Hügelketten und Bergen im Wald Feuer auflodern und erst wieder erlöschen, wenn die Gefahr vorüber war.

„Folgt mir bitte“, sagte einer der Elfen höflich und die Hexen schickten sich an, den Thronsaal zu verlassen.

„Irmelin“, bat Leandro leise.

Die Anführerin der Hexen blieb ohne ein weiteres Wort zurück. Sie schwiegen, bis sich die Türen des Thronsaales hinter ihnen geschlossen hatten und sie allein waren. Dann wandte sich die Hexe dem König zu.

„Ihr habt eben noch nicht alles gesagt“, vermutete sie.

Leandro schüttelte den Kopf und trat zum

Fenster. Die Hexe folgte ihm und gemeinsam starrten sie in die Dunkelheit.

„Seit Sonnenuntergang empfange ich eine Botschaft“, sagte Leandro. „Doch ich kannte weder ihre Bedeutung noch ihren Absender.“

„Aber jetzt wisst Ihr es?“

Der Elfenkönig nickte. „Ich habe am falschen Ort gelauscht. Der Ruf kommt nicht von einem Zauberwaldwesen. Er stammt aus der Menschenwelt.“

„Von einem Menschen?“, fragte die Hexe.

Einen Augenblick lang fragte Leandro sich, ob es klug war, die Hexe einzuweihen. Dann schob er seine Bedenken beiseite.

„Ja. Eine Warnung. Vor nicht allzu langer Zeit waren zwei Menschen im Zauberwald. Die Botschaft stammt von ihnen. Ariane und Erik.“

„Dann wissen sie, was geschehen ist“, sagte Irmelin. „Das kann nur bedeuten, dass sie ein Zauberwaldwesen in ihrer Welt gesehen haben.“

Auf einen Schlag erstrahlte die schwarze Oberfläche des Sees unter ihnen in goldenem Licht. Das Elfenfeuer brannte.

Leandro wandte der Hexe sein Gesicht zu. Beide wurden vom Schein des Feuers beleuchtet.

„Wir werden ihre Hilfe brauchen“, sagte er.

Die Hexe schnaubte. „Der Elfenkönig bittet Menschen um Hilfe?“

„Siehst du einen anderen Weg?“

Die Hexe antwortete nicht. Sie blickte wieder aus dem Fenster auf den hell erleuchteten See und schwieg.

Leandro wünschte sich, die Gedanken der Hexe lesen zu können. Es gab etwas, was Irmelin ihm nicht erzählte. Doch so sehr er sich auch konzentrierte, er spürte nur das Zupfen der Botschaft aus der Menschenwelt an den Rändern seiner Wahrnehmung. Leandro sammelte seine Gedanken und sandte seine Botschaft als Antwort. Eine Bitte um Hilfe.

Agentur für Heldentaten

Knaster!“, rief Theodor sauer. „Du hast schon wieder Fischköpfe herumliegen lassen. Die ganze Höhle stinkt danach. Wann räumst du endlich deinen Müll auf? Du bist der furchtbarste Mitbewohner aller Zeiten! Ich wünschte, ich wäre nie aus dem Hasenbau meiner Mama ausgezogen.“

„Du musst gerade reden!“, regte sich der Kobold auf. „Du gehst ja noch nicht mal zum Kötteln vor die Tür.“

„Das ist eine widerliche Lüge und du weißt es!“

„Ach? Und von wem stammen die Köttel hier in der Ecke?“

Theodor hoppelte zu ihm und beäugte die schwarzen Kügelchen.

„Ratten“, sagte er dann fachmännisch. „Ganz eindeutig. Das war Frederick oder einer seiner Brüder. Ist ja ekelhaft.“

Knurrend schnappte sich Knaster den Besen und fing an, den Höhlenboden zu fegen.

„Die sind gestern nach der Vorstellung hier herumgeschlichen“, gab der Kobold zu. „Diese Waldtiere sind doch echt –“

„Hey!“, rief Theodor. „Deine fantastischen Kumpel haben unsere Hängematte, unsere gesamten Vorräte und das Feuerholz geklaut!“

„Das sind halt Kobolde. Was hast du erwartet? Bei uns ist es unhöflich, wenn man wo zu Gast ist und nichts mitgehen lässt.“

„Sie sind jeden Tag hier!“, rief Theodor. „Da ist es mir lieber, einer lässt seine Köttel da, als er nimmt uns unsere Sachen weg.“

„Sie bringen aber auch jedes Mal was mit“, sagte Knaster.

„Ja! Das, was sie am Vortag gestohlen haben.“

„Immerhin.“ Er dachte kurz nach, dann drehte Knaster sich um und blickte seinen Freund an. „Schon gut, ich rede mit ihnen. Wenn sie weiterhin alles über die Menschenwelt wissen wollen, dann müssen sie auch mal dafür bezahlen. Neulich wollte Kalau wissen, was für Sachen Ariane anzieht und wie die Dinger heißen, die sie an den Füßen hat.“

„Was hast du ihm erzählt?“

„Ich wusste es nicht mehr. Also hab ich behauptet, das sind Sanfttreter.“

Theodor kicherte. „Ich hab Kiwwel gesagt, Menschen laufen nicht, sondern fahren in Stotterstinkern."

Knaster lachte. „Stotterstinker? Das weiß ich. Die nennt man Autos."

„Echt? Hatte ich glatt vergessen. Wenn sie das nächste Mal bezahlen, verraten wir es ihnen."

„Sind die drei schon da?", fragte Knaster.

Der Hase hoppelte zum Höhleneingang und spähte durch die herabhängenden Schlingpflanzen nach draußen.

„Nö. Kein einziger Kobold. Nur zwei Eichkätzchen, ein Marder, ein paar Meisen und Amseln, eine Eule und ein paar Farnfaune."

„Farnfaune!", sagte Knaster verächtlich. „Die stellen wieder endlos Fragen. Gehen mir echt auf die Nerven! Haben sie wenigstens was mitgebracht?"

„Sieht so aus."

Theodor beobachtete die Farnfaune. Er fand sie eigentlich ganz hübsch. Ihre Gesichter mit den langen, hoch stehenden Ohren und den breiten Nasen erinnerten ihn an große Hasen. Es waren vier Faune, zwei ausgewachsene und zwei Fohlen, die sich unterhielten. Sie saßen auf einem umgestürzten Baumstamm und baumelten mit den haarigen Beinen.

„Hast du die mal laufen sehen?“, fragte Theodor gedankenverloren. „Die sind vielleicht schnell, sag ich dir. Rennen sogar über Felsen. Aber die haben ja auch Hufe.“ Er betrachtete missmutig seine Pfoten. „Und obendrein Arme mit Händen dran.“

„Und wennschon“, sagte Knaster. „Die hab ich auch. Was bringt mir das? Ich muss damit die Höhle ausfegen.“

„Du weißt genau, dass ich keinen Besenstiel halten kann!“

„Eben.“

Wieder blickte Theodor nach draußen. Da sah er, wie einer der Faune kicherte und sich ans Ohr fasste.

„Du, Knaster? Ich glaube, die haben einen Nubbel dabei.“

„Ach, Quatsch!“, sagte Knaster, ließ aber den Besen los und trat neben Theodor. „Wo denn?“

„Der da hat einen.“

„Du hast recht. Diese Betrüger! Die wollen nur einmal bezahlen und alle anderen mithören lassen.“

„Du spinnst doch! Nubbel können immer nur drei Wörter senden, bevor sie schlafen und fressen müssen.“

„Hm.“ Knaster kratzte sich. „Ich will auch einen

Nubbel. Dann könnten wir Erik und Ariane Nachrichten schicken."

„Oder wir gehen gleich zum Elfenkönig und erzählen ihm, dass wir hin und wieder Abstecher in die Menschenwelt machen. Ich bin sicher, er wäre entzückt, das zu hören. Denkst du, der kriegt nicht mit, wenn hier plötzlich Gedankenbotschaften durch die Luft fliegen? Wir sollten lieber mit der Vorstellung anfangen."

Eigentlich hatten die beiden Freunde eine *Agentur für Heldentaten* gegründet. Sie hatten ein Schild vor den Höhleneingang gehängt und darauf gewartet, dass man sie mit Aufträgen überhäufen würde.

Immerhin waren sie beide echte Helden. Sie hatten den Streit zwischen den zwei Parteien geschlichtet, die den Zauberwald bewohnten. Und das, kurz bevor beinahe ein Kampf zwischen den Zauberwaldtieren und den fantastischen Geschöpfen ausgebrochen wäre. Sie waren auch die Ersten gewesen, die es gewagt hatten, ihre ungleiche Freundschaft offen zuzugeben.

Dummerweise waren dies keine guten Zeiten für Helden. Niemand im Zauberwald schien welche zu brauchen. Es gab keine Meerjungfrauen, die gerettet werden wollten, keine Salamander,

die von einem oberfiesen Bösewicht unterdrückt wurden, nicht einmal Würmer, die vor Vögeln beschützt werden wollten. Aber etwas anderes fehlte im Zauberwald, und das hatten Knaster und Theodor in Hülle und Fülle zu bieten: Geschichten.

„Bist du so weit?“, fragte Theodor.

Knaster glättete die Haare an seinen Ohren und zupfte seinen Lendenschurz zurecht. „Na schön“, sagte er, trat zum Höhleneingang und schob die Schlingpflanzen beiseite. „Legen wir los.“

Gemeinsam traten sie aus der düsteren Höhle in gleißend helles Sonnenlicht, das auf der Lichtung von keiner Baumkrone und keinem Wolkenwesen gefiltert wurde. Knaster blinzelte geblendet und hob eine Hand vor die Augen. Hocherhobenen Hauptes schritt der Kobold auf den Platz vor der Höhle und kletterte auf den flachen Felsbrocken, vor dem die anderen Zauberwaldwesen saßen. Theodor hoppelte hinter ihm her.

„Willkommen, willkommen“, rief Knaster, als wären Hunderte Zuhörer hier versammelt. „Heute habt ihr die großartige Gelegenheit, die Geschichte zu hören, die den Zauberwald bewegte. Und zwar direkt aus dem Munde ihrer Hauptfiguren.“ Knaster verneigte sich und Theodor senkte die Löffel. „Verehrte Waldtiere, hochgeschätzte Fantastische … hört nun *Deeeeer Zauberfluch deeeeeees Elfenkönigs.*“

Die Farnfaune tuschelten und die Eichkätzchen sprangen übereinander, bis die Eule verärgert schrie. Zufrieden mit der Reaktion trat Knaster einen Schritt zurück und überließ Theodor die Aufmerksamkeit.

„Es ist gar nicht lange her“, fing Theodor an zu erzählen, „da machte eine kleine Fee namens Musella einen Ausflug. Sie flog nicht zu einer Blumenwiese. Nein, diese kleine Elfe flog – direkt in die Menschenwelt.“

„Uuuuh“, machte die Eule.

„Es war auch nicht ihr erster Ausflug dorthin“, fuhr Theodor fort. „Wie wir alle wissen, sind Feen sehr klein.“ Die Zuhörer nickten. „Darum fallen sie in der Menschenwelt nicht auf. Diese kleine Fee ist in einen Steinbaum geflogen, in dem Menschen leben, und landete direkt im Zimmer eines kleinen Jungen, der nicht schlafen konnte. Dieser Junge interessiert sich für Insekten. – Wie sehen Insekten aus?“

Ein junger Farnfaun sprang auf und wedelte mit einem Arm in der Luft herum. „Sie sind ganz klein“, rief er eifrig. „Und sie haben Flügel.“

Theodor nickte zufrieden. „Genau wie …?“

„Feen!“, rief der andere Farnfaun.

„Eben“, sagte Theodor. „Und so hat dieser Menschenjunge die Fee gefangen. Er dachte, sie wäre ein Insekt.“

„Oh“, machte der Farnfaun. „Und dann?“

Theodor stellte sich auf die Hinterbeine und die Ohren auf. „Nun, die Fantastischen mussten sich natürlich etwas einfallen lassen, um die Fee aus der Menschenwelt zu befreien.“ Damit ließ er sich wieder auf alle viere fallen und trat ein paar Schritte zurück. Knaster übernahm das Wort.

„Alle Fantastischen versammelten sich und beratschlagten. Und schließlich hatte der Elfenkönig Leandro eine Idee“, erzählte Knaster. „Der Junge, der die Fee gefangen hielt, hat eine Schwester. Leandro schickte also einen Drachen, um dieses Mädchen in den Zauberwald zu holen. Der Plan hat funktioniert“, sagte Knaster. „Bis auf eine Winzigkeit. Auf dem Weg erfuhr das Mädchen Ariane den Namen des Drachen – Obligo.“

„Oh-oh“, machte einer der erwachsenen Farnfaune.

„Ganz recht“, nickte Knaster. „Warum ist das ein Problem?“

Die kleinen Farnfaune blickten den großen neugierig an. „Weil ein Drache gehorchen muss, wenn man ihn bei seinem Namen ruft“, erklärte der. „Also hatte ihn das Menschenmädchen in der Hand.“

„So ist es“, sagte Knaster. „Ariane floh auf dem Rücken des Drachen. Doch eines hatte die Kleine nicht bedacht. Der Elfenkönig hatte einen Zauberfluch ausgesprochen. Niemand in der Menschenwelt konnte sich an Ariane erinnern. Nur ihr Bruder Erik, der die Fee gefangen hielt. Der Plan war, dem Jungen zu versprechen, seine Schwester nach Hause zu bringen, sobald er die Fee freiließ. Aber wie sollte ihm Leandro das versprechen? Er wusste ja gar nicht, wo das Mädchen war.“

„Uuuuhhh“, machte die Eule. „Verzwickt, verzwackt.“

„Allerdings“, sagte Knaster. „Und es wird noch schlimmer. Denn auch die Waldwesen wussten, dass die Fantastischen das Mädchen entführt hatten. Und die hatten ebenfalls Pläne mit der Kleinen …“

Wieder wechselten Theodor und Knaster die Plätze. „Damals gab es noch einen Verein namens Z.V.I.T.H.“, erzählte Theodor. *„Die Zentrale Vertretung der Interessen Tierischer Helden.“*

„Ts-ts“, machte einer der erwachsenen Farnfaune. „Ich erinnere mich daran. Der Dachs hat den Verein gegründet. Er fand, es gäbe zu viele fantastische Geschöpfe im Zauberwald.“

„Genau“, sagte Knaster und warf Theodor einen Blick zu, bei dem er die Augen verdrehte. Farnfaune! Immer wussten sie alles besser. „Die Z.V.I.T.H. wollte das Mädchen fangen und es den Fantastischen nur zurückgeben, wenn die sich aus dem Zauberwald zurückziehen.“

„Wohin denn zurückziehen?“, fragte ein Farnfaun.

Theodor zuckte mit den Ohren. „So weit ist es ja nie gekommen“, sagte er. „Denn hier mischten sich zwei unwahrscheinliche Freunde ein. Zwei Wesen, die verschiedener nicht sein konnten. Geschöpfe voll unterschiedlichster Talente. Helden wider Willen. Zwei –“

„Also ihr beiden?“, fragte der Marder ungeduldig.

„Ja“, schnappte Theodor beleidigt und erzählte dann weiter: „Wir erfuhren durch schlaues Auskundschaften von dem Plan der Fantastischen. Und von dem der Waldtiere. Ohne Rücksicht auf eigene Verluste beschlossen wir einzugreifen. Unser Weg führte uns zuerst ins Tal der Feen, wo wir durch ein geschicktes Täuschungsmanöver den Zauberzweig des Elfenkönigs ergattern konnten."

„Äh ... war das nicht dieser völlig nutzlose Zweig?", mischte sich ein Farnfaun ein. „Der, den König Leandro als kleiner Elf von dem Dachs bekommen hat, damit er sich besser konzentrieren konnte?"

„Das wussten wir zu dem Zeitpunkt nicht", erklärte Knaster hoheitsvoll.

„Aber das Ding war völlig unbrauchbar, oder?", fragte der Farnfaun.

„Also, indirekt ... eigentlich ... war es so ...", sagte Knaster. Er blickte sich in den Baumwipfeln um, aber dort wehte keine Antwort im Wind.

„Tatsächlich war der Zauberzweig von höchster Bedeutung", sprang Theodor ein. „Denn um den Zauberfluch aufrechtzuerhalten, musste der Elfenkönig äußerst konzentriert sein. Und ohne den Zauberzweig schaffte er das nicht. Der Fluch fing an zu zerbrechen."

„Gutgutgut", sagte ein Eichhörnchen und streichelte seinen buschigen Schweif. „Und dann und dann und dann?"

„Dennoch sahen wir uns drei Problemen gegenüber", sagte der Hase. „Erstens – das

Mädchen Ariane irrte allein durch den gefährlichen Zauberwald. Zweitens – die Fee Musella war noch in der Menschenwelt gefangen. Darum beschlossen Knaster und ich, in die Menschenwelt zu gehen und den Jungen zu überreden, die Fee freizulassen."

„Und drittens?", fragte ein Farnfaun. „Du hast gesagt, drei Probleme."

„Das dritte Problem bestand aus zwei Teilen", sagte Knaster. Sein Magen knurrte leise. Er beäugte unauffällig die Mitbringsel der Zuhörer. Der Kobold lächelte in die Menge. „Ein Greif. Und noch ein Greif. Und beide wollten uns schnappen."

Knaster genoss die Aufmerksamkeit seiner Zuhörer. Ein paar Fliegen schwirrten direkt vor den Schnäbeln der Vögel herum, doch die bemerkten sie gar nicht. Die Farnfaune vergaßen zu tuscheln und die Eichhörnchen versteckten sich nicht, obwohl etwas im Unterholz hinter ihnen raschelte.

„Was dann, was dann?", rief eine Meise.

„Nun, wir –" Knaster hielt inne.

„Was ist los?", fragte Theodor und spähte in die Dunkelheit zwischen den Bäumen. Da zerbrach krachend ein Zweig im Wald.

„Ein Greif!", kreischte die Eule und flog davon.

Die Amseln und Meisen flatterten aufgeregt durcheinander und hauten ebenfalls ab.

„Quatsch!“, rief Knaster. „Habt ihr je einen Greif zu Fuß gehen sehen?“

Aber darüber wollten die Eichhörnchen und der Marder nicht nachdenken. Sie waren ebenso schnell verschwunden wie die Vögel.

Nur die Farnfaune blieben sitzen und blickten sich erwartungsvoll um. Sie wussten, dass sie keinen Vorsprung brauchten. Was auch immer sich da seinen Weg durch den Wald bahnte – es war zu Fuß. Und nichts war zu Fuß schneller als ein Farnfaun.

„Was meinst du?“, flüsterte Theodor. „Sollen wir auch abhauen?“

„Nö. Sind sicher bloß Kiwwel, Kürkin und Kalau. Die sind zwar reichlich spät dran, aber sie müssen auch was Schweres schleppen.“

„Was denn?“

„Unser Feuerholz.“

Doch es war kein Kobold, der gleich darauf aus dem Wald taumelte. Es war Bertram, der Dachs. Er trug wie immer seinen Zylinder und den Spazierstock aus dem gewundenen Zweig einer Weide. Den passenden eitlen Gesichtsausdruck dazu hatte er aber unterwegs verloren. Bertram sah erschöpft und zerzaust aus und war außer Atem.

„Grüß euch, Kollegen!“, stieß er hervor. „Wisst ihr etwas Neues?“

„Willst du die Geschichte vom Zauberfluch hören?“, fragte Knaster.

„Was hat das denn damit zu tun?“, sagte Bertram. Er schleppte sich die letzten paar Schritte bis zu einem Baumstamm und ließ sich ächzend darauf nieder. „Ich meine, ob es etwas Neues gibt wegen der Elfenfeuer. Sind die Menschenkinder schon da?“

Theodor, Knaster und die Farnfaune rissen die Augen auf.

„Menschenkinder?“, wiederholte Theodor leise.

„Elfenfeuer?“, hauchte eines der Farnfaunfohlen.

Bertram blickte ungläubig von einem zum anderen. „Ja, was meint ihr denn, was da so gleißend hell leuchtet, ihr Schwachköpfe?“

„Sonne“, sagte Knaster und Theodor nickte.

„Und wofür haltet ihr das dort?“ Bertram deutete in Richtung der Höhle und die anderen drehten sich um.

„Sonne“, meinte Knaster unsicher. „Noch eine.“

„Nein“, schnappte Bertram. „*Das* ist die Sonne.

Das Licht dort …“, er deutete auf den Wald und geblendet blickten alle dorthin, „… das kommt von der Taubenlanze, dem dritthöchsten Berg des Zauberwaldes. An seiner Spitze brennt seit gestern das Elfenfeuer. Wie an allen erhöhten Punkten des Waldes. Wie konntet ihr das übersehen?“

„Wir leben in Höhlen“, sagte ein Farnfaun. „Kommen erst mittags raus.“

„Wir auch“, sagte Theodor.

Bertram grunzte verächtlich. „Nun, den Luxus kann sich nicht jeder leisten. Manche von uns müssen Verantwortung übernehmen. Geht nicht anders. Ist uns in die Wiege gelegt, die Macht, der Einfluss. Eine schwere Bürde, sag ich euch. Jaja. Aber so ist es. Ich muss weiter.“ Er stand mühsam auf und zupfte ein paar Zweige aus seinem Fell. „Der Elfenkönig schickt nach mir. Braucht meine Hilfe. Wir sind Kumpel, wisst ihr. Hab ihm schon öfter aus der Patsche geholfen.“ Da fiel sein Blick auf eines der Farnfaunfohlen. „Ist das …? Du hast da ja einen Nubbel!“

Das Farnfaunfohlen fasste sich ans Ohr. „Das ist meiner!“

„Ich muss ihn mir mal kurz ausleihen“, sagte Bertram bestimmt. „Der kommt wie gerufen. Muss dem Elfenkönig eine Nachricht schicken."

„Nicht mit meinem Nubbel", rief der Kleine. „Dann schläft und frisst er wieder ewig und ist zu nichts zu gebrauchen."

„Es geht um die Sicherheit des Zauberwaldes!", rief Bertram empört.

„Immer langsam", sagte einer der erwachsenen Farnfaune. „Warum geht es um die Sicherheit des Zauberwaldes? Was geht hier vor?"

Bertram schmollte. „Gebt ihr mir dann den Nubbel?", fragte er.

„Einverstanden", sagte der Farnfaun.

Bertram rieb sich die Nase. „Die Weltengrenze ist zerbrochen", sagte er.

Die Farnfaune schwiegen. Knaster erbebte und Theodors Blume zitterte wie ein Blatt im Wind.

„Was … was bedeutet das?", fragte der Farnfaun.

„Nun, dass von jetzt an ganz ungehindert Zauberwaldwesen in die Menschenwelt gelangen können und Menschen zu uns", erklärte Bertram. „Krieg ich jetzt den Nubbel? Ich habe zwar die Botschaft des Elfenkönigs verstanden, aber natürlich kann ich ihm nicht antworten."

Wortlos nahm der kleine Farnfaun den Nubbel von seinem Ohr und reichte ihn dem Dachs. Der Nubbel rollte sich in Bertrams Pfote zusammen und dann wieder auseinander. Er sah aus wie ein pelziger Wurm. Das weiche Fell glänzte braun im Licht des Elfenfeuers. Erst als sich der Nubbel auf den Rücken drehte, sah man seine vier kleinen Arme mit den Händen dran. Die großen, runden schwarzen Augen mit den langen Wimpern blickten verwirrt zu dem Dachs auf. Dann gähnte der Nubbel und riss seinen riesigen Mund weit auf.

„Nubbel Hunger haben“, sagte er fordernd.

„Können essen gleich“, erwiderte der Dachs.

Wieder gähnte der Nubbel. „Wollen schlafen jetzt.“

„Erst rufen Elfenkönig.“

„Du hast doch gesagt, er muss gleich schlafen und fressen, wenn er drei Wörter gesendet hat“, flüsterte Knaster Theodor zu.

„Genau. Aber nicht, wenn er sie ausspricht“, sagte Theodor. „Nur wenn er sie als Gedankenbotschaft schickt. Das hat er ja noch nicht getan.“

„Sagen Nubbel Botschaft“, meinte das kleine Ding gleichmütig.

Der Dachs hielt die Hand mit dem Nubbel an sein Ohr. Der Nubbel krabbelte aus Bertrams Pfote und schmiegte sich um seine Ohrmuschel. Zum Schluss steckte er den Kopf ins Ohr des Dachses. Bertram kicherte.

„Bertram bald da!“, sagte er dann deutlich.

Das plüschige Wesen zitterte kurz. Gleich darauf

bebte es erneut und ließ sich dann erschöpft auf Bertrams Schulter fallen.

„Was hat er gesagt?“, fragte der Dachs aufgeregt.

Der Farnfaun nahm den Nubbel und legte ihn auf seinen Unterarm, wo er ihm eine rote Beere reichte. Der Nubbel verschlang sie sofort.

„Eindringlinge in Menschenwelt“, verkündete er zufrieden die Antwort des Elfenkönigs.

„Oh nein“, sagte Bertram. „Dann kommt die Drachenwache zu spät.“

Knaster runzelte die Stirn. „Welche Drachenwache?“

„Die Drachen sollen den Himmel über den Felsenfieslingen bewachen“, erklärte der Dachs ungeduldig. „Wie weit ist es noch bis zum Elfenpalast?“

„Weit“, sagte Knaster.

Die Farnfaune tuschelten kurz miteinander. Dann wandte sich einer an den Dachs. „Der Weg ist weit für deine kurzen, krummen Beine.“ Empört riss Bertram den Mund auf, doch der Farnfaun lächelte. „Wenn wir dich abwechselnd tragen, bist du dort, ehe die Sonne wieder aufgeht.“

Bertram überlegte kurz, dann nickte er. „Sehr freundlich von euch. Wirklich sehr freundlich. Man ist auch nicht mehr der Jüngste. Unter normalen

Umständen würde ich ja nieeee ..." Während er redete, kletterte der Dachs bereits auf den Rücken des größten Fauns.

„Tja dann, meine Freunde – wir sehen uns wieder, wenn die Gefahr vorüber ist", rief Bertram und stemmte dem Farnfaun seine Fersen in die Seiten. Der drehte sich um und blickte den Dachs strafend an. „Äh ... ja, tut mir leid. Haha. War wohl ein Versehen. Könnten wir jetzt ...?"

Die Faune verneigten sich kurz vor Theodor und Knaster und rannten los. Innerhalb weniger Augenblicke waren sie verschwunden.

„Die Grenze ist zerbrochen", sagte Knaster.

„Eindringlinge sind in der Menschenwelt", sagte Theodor.

Knaster senkte den Kopf.. „Und keine Spur von Kiwwel, Kürkin und Kalau."

Theodor seufzte. „Wir sollten versuchen, sie zu finden."

„Und wenn sie in der Menschenwelt sind? Vielleicht haben sie uns deshalb so viele Fragen gestellt. Weil sie sich dort zurechtfinden wollten."

„Denkst du denn, sie haben die Grenze kaputt gemacht?"

„Naa. Aber wenn sie schon kaputt war, als sie zu den Felsenfieslingen gekommen sind …“

„Dann müssen wir sie in der Menschenwelt suchen?“

Knaster ging zurück zur Höhle und blieb an einer Kletterpflanze neben dem Eingang stehen. Er drehte das Schild um, das daran befestigt war. *Agentur für Heldentate*n stand darauf.

Theodor betrachtete nachdenklich die Schrift und nickte. „Also, los.“

Knaster vollführte einen Luftsprung und reckte eine Faust nach oben. „Jippieee – wir sind wieder da!“

Drachenwache

Erik bemerkte, dass Ariane Schweißperlen auf der Stirn standen und sie schwer atmete. Kein Wunder, immerhin waren sie den ganzen Weg von Ramons Haus bis zu ihrem gerannt und mussten jetzt die Treppe bis in den achten Stock hochlaufen. Auch Erik schwitzte wie in einer Sauna, in die sich die Stadt in den letzten Tagen verwandelt hatte. Die Wolken klebten so dicht aneinander, dass tagsüber kein einziger Sonnenstrahl den Boden berührte und man nachts weder Mond noch Sterne sehen konnte. Wie ein Deckel über einem Druckkochtopf schlossen die Wolken die Hitze ein. Trotzdem trugen Erik und Ariane lange Hosen, feste Schuhe und Windjacken. Diesmal waren sie sehr viel besser auf ihren Ausflug in den Zauberwald vorbereitet als das erste Mal. Kein Wunder! Damals war Ariane wenig komfortabel in einem Sack gereist, den ein riesiger Drache in seinen Klauen getragen hatte. Und Erik war mitten in der Nacht im Pyjama auf dem Rücken desselben Drachen nachgekommen, um seine Schwester zu retten. Heute Nacht würde dieser Drache sie beide abholen. Nur waren sie diesmal

keine Geiseln, sondern Helfer in der Not.

„Soll ich deinen Rucksack tragen?“, bot Erik an.

„Geht schon“, flüsterte Ariane und versuchte ein Lächeln. „Deiner ist mindestens genauso schwer. Es sind ja nur noch fünf Stockwerke.“

Damit stapfte sie tapfer weiter. Erik ging hinter ihr und fasste mit einer Hand nach dem Rucksack seiner Schwester, um ihn ein bisschen anzuheben.

Vor ihrer Wohnungstür im achten Stock blieben beide kurz stehen.

„Letzte Chance“, flüsterte Erik. „Wollen wir das wirklich durchziehen?“

Doch er kannte die Antwort schon, bevor Ariane nickte. Sie hatten lange darüber geredet, nachdem sie die Nachricht des Elfenkönigs empfangen hatten. Leandro hätte sie nicht um Hilfe gebeten, wenn es einen anderen Weg gäbe.

„Der Zauberwald braucht unsere Hilfe“, flüsterte Ariane. „Und außerdem …“

„… ist es ein Abenteuer“, ergänzte Erik und Ariane erwiderte sein Grinsen.

Sie wandten sich um und schlichen ohne ein weiteres Wort die Stufen zum Dach hoch. Arianes Mutter und Eriks Vater schliefen bestimmt schon tief und fest. Sie dachten, ihre Kinder würden das Wochenende bei Ramon und seiner Schwester verbringen.

Tatsächlich war das Einzige, was sich bei Ramon befand, Eriks Spielkonsole samt Fernbedienung und Spielen. Das war Ramons Preis gewesen, um sie zu decken, falls ihre Eltern bei ihm anriefen. Ramons und Kristinas Eltern waren in der Oper und würden erst spät zurückkommen.

„Hoffentlich ist Obligo pünktlich“, sagte Ariane, als sie die letzten Stufen hinter sich ließ. „Obligo hat das mit der Menschenzeit nie so ganz kapiert. Aber diesmal schickt ihn der Elfenkönig persönlich.“ Sie fasste nach der Klinke der Metalltür, die aufs Dach führte, und drückte sie herunter. Entsetzt drehte sich Ariane zu Erik um. „Abgeschlossen“, sagte sie und warf einen Blick auf ihre Uhr. „Und nur noch drei Minuten bis Mitternacht.“

„Verdammt! Damit hab ich nicht gerechnet.“ Erik blickte sich im Treppenhaus um. Dann ließ er seinen Rucksack auf den Boden gleiten, riss ihn hastig auf und kramte darin herum. „Damit könnte es gehen“, meinte er unsicher und klappte sein Taschenmesser auf.

Während er damit seitlich im Türschlitz stocherte, bohrte Ariane mit einer Haarspange im Schloss.

„Sie geht zwar rein, aber ich kann sie nicht umdrehen“, flüsterte Ariane hastig. „Haben wir eine Zange dabei? Oh Mist! Es ist schon Mitternacht. Jetzt müssten wir auf dem Dach stehen und auf Obligo warten. Wenn wir nicht da sind –“

Erik klappte die Klinge seines Messers ein und stattdessen die kleine Zange darin auf. Er wollte gerade versuchen, Arianes Haarspange zu drehen, als er stutzte und überrascht die Tür anstarrte. Am oberen Rand war ein brauner Fleck aufgetaucht und es roch verbrannt.

„Was zum –?“

Ariane trat neben ihren Bruder und fasste nach seiner Hand. Während die beiden den Fleck anstarrten, wurde er größer und dunkler und zu einem Loch. Aus dem Loch schoss eine spitze Flammenzunge. Dann bewegte sich die Flamme nach rechts und dann nach unten und nach links und wieder nach oben. Daraufhin plumpste der kreisrunde Teil der Tür klirrend nach außen und zwei große gelbe Augen in einem riesigen Schädel starrten die Geschwister an. Der Schädel war mit glänzenden giftgrünen Schuppen bedeckt und aus den gewaltigen

Nüstern quoll schwarzer Rauch. Das gigantische Maul öffnete sich und entblößte Zähne, die mindestens so lang waren wie die des *Megalosaurus* im Naturkundemuseum. Der Drache war pünktlich.

„Hallöchen, ihr Süßen“, flötete Obligo. „Alles klärchen so weit?“

„Hallo, Obligo“, sagte Ariane erleichtert. Sie kletterte durch das Loch und umarmte das Maul des Drachen. Der schnurrte wie ein Kätzchen. „Uns geht’s gut. Aber wir sollten uns beeilen, bevor uns jemand sieht.“

Erik kletterte hinter ihr aufs Dach und blickte sich um. Er war noch nie hier oben gewesen. Die Aussicht war wunderschön. Die Stadt lag um sie herum wie ein Lichtermeer und weit unten konnte er als rote und gelbe Würmer die Lichter der Autos sehen.

„Wow“, platzte Erik heraus. „Was für ein Anblick.“

„Danke, danke“, dröhnte Obligo geschmeichelt.

„Bin selbst schon so dran gewöhnt." Er drehte sich um die eigene Achse und begutachtete seinen kolossalen schuppigen Leib mit den ledrigen Flügeln. „Aber euch haut der Anblick immer noch um, was?"

„Atemberaubend, umwerfend, bezaubernd, sagenhaft", sagte Ariane. „Du bist der schönste Drache, den ich je gesehen habe." Erik verbarg ein Grinsen. Was Ariane nicht hinzufügte, war, dass Obligo auch der einzige Drache war, den sie je gesehen hatte. Ganz taufrisch wirkte er nicht mehr. Es war ein Menschenjahr her, da hatte Obligo unfreiwillig ein Bad in einem See genommen. Erik bezweifelte, dass er seitdem noch mal mit Wasser in Berührung gekommen war. Außerdem hatte er eine große kahle Stelle am Bauch, wo die Schuppen fehlten.

„Und das mit dem Felsblock?", fragte Obligo nach Anerkennung heischend und drehte sich zur Tür um. „Habt ihr das gesehen, hä? Hab voll 'n Loch reingemacht. Und nich den ganzen Steinbaum abgebrannt dazu."

„Das war ganz ausgezeichnet", sagte Erik. „Du hast die Flamme toll dosiert! Wie ein Schneidbrenner."

„Hä?“ Obligo stutzte. „Sin das Wesen aus der Menschenwelt?“

„Genau“, sagte Ariane. „Aber längst nicht so schön wie Drachen. Und fliegen können sie auch nicht. Wo wir gerade vom Fliegen reden – dürfen wir auf deinen Rücken klettern, bitte?“

Obligo ging bereitwillig in die Knie, damit die Geschwister leichter aufsteigen konnten.

„Werd diesmal auch keine Schlangenlinien fliegen, is besser“, verkündete er nachdenklich. „Sonst tut bloß wieder einer runterfallen. Ihr geht ja so schnell kaputt, ihr Menschleins.“

„Ja, bei Stürzen aus Hunderten Metern Höhe sind wir empfindlich“, sagte Erik und suchte zwischen den Schuppen des Drachen nach Halt.

„Macht nix“, meinte Obligo tröstend. „Dafür könnt ihr … äh … äh …“ Er strengte sein Drachenhirn an, um etwas zu finden, was Menschen seiner Ansicht nach gut konnten. „Na, macht ja nix. Kann nicht jeder ein Drache sein. Also, fliegen wir. Kriegt ihr allein ja auch nich so fein hin, was?“

Ariane grinste Erik an und legte ihm einen Arm um die Taille. Mit der anderen Hand hielt sie sich an einem Zweig fest, der zwischen Obligos Schuppen steckte.

Der Drache breitete seine Schwingen aus und Erik hoffte inständig, dass gerade niemand mit einem Fernglas von einem der umliegenden Häuser auf ihr Dach blickte.

„Achtung!“, brüllte Obligo. „Fertig. Looos …“ Beim letzten Wort nahm er Anlauf, raste auf die Dachkante zu und sprang.

Sie waren in der Luft. Erik war schon oft geflogen, immerhin besuchte er regelmäßig seine Mutter in Dänemark. Doch der Flug auf dem Rücken eines Drachen war nicht mit dem in einem Flugzeug vergleichbar. Zunächst schlug ihm die Luft so hart ins Gesicht, dass er nur schwer atmen konnte. Eben auf dem Dach war ihm in seiner Windjacke noch brütend heiß gewesen. Jetzt wünschte er, er hätte den Reißverschluss bis ganz nach oben gezogen. Vorhin hatten sich die Schuppen des Drachen auch noch angefühlt wie gute Haltegriffe. Als Obligo nach oben stieg, wurde sein Rücken jedoch zu einer Rutschbahn und Erik biss die Zähne zusammen, um nicht zu kreischen. Ganz und gar nicht hilfreich war Arianes Reaktion: Sie jauchzte vor Wonne!

Das lag vermutlich daran, dass sie ein Jahr jünger war, sagte sich Erik. Kleine Kinder kapierten schließlich nie so ganz, wenn sie

in großer Gefahr schwebten. Erik hingegen war reif genug, um Todesangst zu haben. Zum Glück konnte Ariane sein Gesicht mit den im Flugwind tränenden Augen nicht sehen.

Erst als der Drache über den Wolken war, flog er in gleichbleibender Höhe. Nun fiel es Erik leicht, sich an seinem Rücken festzuhalten. Bloß seine Angst verlor den Halt und glitt ins Nichts. Eine sehnsüchtige Melodie drang an Eriks Ohr und er fühlte sich zugleich getröstet und traurig.

„Wolkenwesen!", rief Obligo. „Sie singen von Heim- und Fernweh."

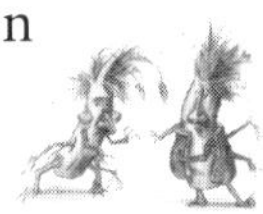

„Ich höre gar nichts", rief Ariane zu Eriks Überraschung.

Er selbst sagte nichts, doch der Gesang der Wolken traf ihn bis ins Innerste. Erik wusste, wie es sich anfühlte, in zwei Welten zu Hause zu sein. In wenigen Tagen würde er seine Koffer packen und seine Mutter in Dänemark besuchen. Dort würde er versuchen, sich nicht anmerken zu lassen, dass er sich nach seinem Zuhause in Deutschland sehnte. Doch wenn er nach den Sommerferien zurückkam, würde er noch lange auf Dänisch träumen.

Inzwischen fühlte Erik sich schläfrig. Den ganzen Tag lang hatte er neugierige Fragen von Schülern und sogar Lehrern über sich ergehen lassen müssen. Die Zeitungen waren voll gewesen von der Affenattacke im Museum. Einige Journalisten hatten sogar bei Erik zu Hause angerufen, um ihn zu interviewen. Das wäre ja noch zu verstehen gewesen, wenn die gewusst hätten, dass ihn eigentlich Kobolde angegriffen hatten. Aber die ganze Stadt stand Kopf wegen der drei Affen ohne Fell. In der Nähe des Museums hatten sie Kindern Süßigkeiten geklaut. Danach waren sie verschwunden. Erik hoffte, dass die drei sich irgendwo versteckt hielten, aber er wusste, dass Kobolde unberechenbar waren. Selbst Knaster war einmal bei einem Besuch in der Menschenwelt fast ausgebüxst. Erik hatte ihn in seinem Rucksack mitgenommen zu *ElektroKing*, dem größten Elektrowarengeschäft der Stadt. Beim Anblick der Haarföhne war der kleine Kerl aus dem Häuschen geraten. Knaster hatte absolut kein Verständnis dafür gehabt, dass Erik lieber eine Spielkonsole haben wollte. Immerhin konnte man mit einem Föhn warmen Wind erzeugen! Erik hatte alle Hände voll zu tun gehabt, Knaster nicht aus dem Rucksack entkommen zu lassen. Was würden da erst drei wilde Kobolde anrichten?

Auch Ramons Eltern hatten Erik

beim Abendessen wegen der Affen gelöchert. Ramon riet Erik sogar, einer Zeitung ein Exklusivinterview zu geben und sich dafür bezahlen zu lassen. Erst als Ramons Eltern in die Oper gefahren waren und Erik die Spielkonsole ausgepackt hatte, war Ramon wieder auf andere Gedanken gekommen.

Nur dass dann seine Schwester Kristina angefangen hatte, Fragen zu stellen. Ein Glück, dass Ariane so gut Geschichten erfinden konnte. Ohne sie wäre Erik aufgeschmissen gewesen. Sie hatte Ramon und Kristina erzählt, sie wollten auf einen Berg, um einen Kometen zu beobachten, der dort um ein Uhr morgens auftauchen würde.

„Hab gar nicht gewusst, dass du so auf Sterne abfährst“, sagte Ramon.

„Doch, doch“, meinte Erik, wohl wissend, dass er von nun an in der Klasse als langweiliger Spinner gelten würde. „Find ich toll, die Sterne.“

Als Erik sich jetzt umblickte, musste er einsehen, dass das stimmte. Allerdings hätte die Aussicht vom Rücken eines fliegenden Drachen wohl jeden beeindruckt.

„Ist es noch weit bis zur Weltengrenze?“, fragte Erik.

„Sie kommt, wenn man merken tut, dass sie nah is“, antwortete Obligo.

Eine Weile flogen sie schweigend durch die Nacht, bis Eriks Augenlider immer schwerer wurden. Er fühlte, dass auch Arianes Arm ihn nicht mehr so fest hielt. Schnell fasste er nach ihrer Hand und drückte sie.

„Ich bin wach, ich bin wach!“, rief sie und Erik wusste, dass auch sie beinahe eingeschlafen wäre.

Sie flogen immer noch über der Wolkendecke, aber sie war längst nicht mehr so dicht wie zu Beginn ihrer Reise. Man konnte einzelne Wolkenwesen erkennen. Einige sahen aus wie silberne Riesenblumen.

Es war, als wären sie … dem Rande ihrer Welt nahe.

„Gleich sind wir da!“, rief der Drache. „Merkt ihr's?“

Ariane setzte sich kerzengerade auf und spähte nach unten. Weit, weit vor ihnen erkannte Erik ein feuerrotes Glühen.

„Die Felsenfieslinge“, murmelte er.

„Sie weinen!“, rief Ariane.

„Rotz und Feuer“, schnaubte der Drache. „Die Heulsusen!“

Der Anblick verschlug Erik erneut den Atem. Die

gewaltigen Felshände mit den glühenden Augen in den Fingern hatten bisher die Wolkenwesen umklammert. Jetzt ragten sie nackt in den klaren Nachthimmel. Der braune Fels war nicht mehr zu erkennen, weil aus den Augen glühende Lava floss, die das Gebirge überzog. Binnen weniger Augenblicke war die Luft so heiß, dass man kaum atmen konnte. Es war höllisch!

Obligo atmete tief ein. „Endlich zu Hause!"

Er ging noch ein bisschen tiefer und langsam erkannte Erik, dass der Himmel nicht völlig leer war. Über den Felsenfieslingen schwebten riesige, funkelnde Schmetterlinge in prachtvollen Farben. Smaragdgrün, rubinrot, saphirblau, bernsteinfarben und gelbgold strahlten ihre Körper im Feuerschein, während sie majestätisch durch die Lüfte segelten. Doch etwas war eigenartig – je tiefer Obligo sank, desto größer wurden die Schmetterlinge. Bis Erik erkannte, dass es keine Schmetterlinge waren.

„Drachen", hauchte Ariane ehrfürchtig.

„Jaja, meine Leute, das da", prahlte der Drache. „Hab's ganz vergessen zu sagen, hehe. Hat uns gerufen, der Elfenkönig. Wir sollen Wache halten. Wer denn sonst, hab ich gesagt! Sin die gutesten Wachen von allen überhaupt. Drachenwachen. Jaja. Und ich bin der Oberste."

„Du bist verantwortlich für die Weltengrenze?", rief Erik.

„Na, aber hallo, wer 'n sonst, hä?"

„Und wenn sich jemand der Grenze nähert ...?", fragte Erik.

Obligo überlegte. „Nu, dann soll'n wir ... soll'n wir ihn ... warte, 's war nich fressen, das hätt ich mir gemerkt." Obligo hatte seine Probleme damit, sich Pläne zu merken.

„Na, war ja klar, dass du das vergisst!", dröhnte eine tiefe Stimme hinter ihnen. „War ja auch bloß das Einzige, was du dir merken solltest. Und ausgerechnet dich macht Leandro zum Ersten Drachen!"

Erik fuhr herum und erblickte einen wunderschönen rubinroten Drachen, der von hinten aufholte und dann an ihrer Seite weiterflog. Neugierig beäugte der Drache die beiden Menschenkinder.

„Lingua, hör auf!", rief Obligo. „Du machst mich ganz verlegen vor meinen Freunden."

„Freunde!", rief Lingua. „Ein Wunder, dass du sie nicht gefressen hast."

„Pah! Niemals nicht! Hab ihnen nicht ein einziges

kleines Füßchen abgebissen. Würd ich niemals nicht tun, so was."

„Natürlich", säuselte Lingua. „Es sei denn, du vergisst es und tust es doch." Sie rollte mit den goldenen Augen und blickte Erik und Ariane an. „Wollt ihr mit mir weiterfliegen, Menschenkinder? Ich bringe euch sicher zum Elfenpalast."

Ehe Erik etwas sagen konnte, platzte Ariane heraus: „Wir könnten nirgendwo auf der Welt sicherer sein als bei unserem Freund Obligo."

Obligo schwoll daraufhin vor Stolz dermaßen die Brust, dass sich sein Schuppenpanzer ausdehnte und Erik ein Stück rutschte.

„Vertraust dem Kleinen, was?", fragte Lingua und schnaubte höhnisch.

Erik sah sich den anderen Drachen genauer an und bemerkte, dass er tatsächlich etwas größer war als Obligo.

„Kann ein schwerer Fehler sein, Mädchen." Lingua blickte Obligo herablassend an. „Kann durchaus dazu führen, dass man hundert Sommer lang in einer miefigen Höhle hockt und auf den nacktbäuchigen Rülpserkönig wartet. Bis man irgendwann zufällig erfährt, dass er umgezogen ist und einer anderen schöne Nüstern macht."

Empört trompetete Obligo los: „Bösartige Verleugnungen alter Lügengeschichten, Anschuldigung völlig falscher Tatsachen, Verdrehung der Wahrscheinlichkeit, heimtückische Unterstellung vollkommen ehrlicher Absichten …“

Lingua schmatzte zufrieden mit den Lippen. „Seh ich alles genauso, mein Lieber!“, sagte sie. „Ganz genauso. Guten Flug, Menschenkinder. Leandro erwartet euch.“ Sie flog um Obligo herum. „Übrigens, Erster und Oberster Drache … Wenn sich jemand nähert, der die Grenze überschreiten will, sollen wir ihn ablenken, seinen Weg umleiten und die Grenze unter allen Umständen in beide Richtungen sichern. Ablenken – Umleiten – Sichern. A-U-S. Ganz leicht zu merken. Wenn man nicht du ist …“ Sie ging in einen Sturzflug über und fing ihn erst knapp über den Felsenfieslingen ab, um dort elegant über die glühende Ebene zu gleiten.

„Gib bloß nich so an!“, hauchte Obligo nicht ohne Bewunderung.

„Wart ihr mal … äh … zusammen oder so?“, fragte Ariane.

„Ewig her, ganz ewig“, sagte Obligo. „War auch nix Festes, also nicht so eindeutig und so. Lange her, wie gesagt. Aber bei dem Gedächtnis …“

Erik wartete noch ab, bis sie die Felsenfieslinge hinter sich gelassen hatten und über den Zauberwald glitten. Dann drehte er sich zu Ariane um und flüsterte ihr so leise wie möglich ins Ohr: „Ist Lingua ein Weibchen?“

„Das is genau das Problem, Jungchen“, seufzte Obligo. „Genau das!“

Das Geheimnis der Wasserhexe

Yvelle berührte vorsichtig ihre Wange. Der Lehm darauf war trocken. Sie hatte die blonden Locken hochgesteckt und stülpte den Blätterhut darüber. Die Luft, die durchs Fenster in ihr Palastgemach drang, war lau und duftete nach Blumen. Am Horizont konnte sie den ersten schmalen Streifen der Sonne sehen. Sie hatte noch nicht geschlafen. Die halbe Nacht hatte sie mit ihrer Mutter gestritten. Bis die junge Hexe eingesehen hatte, dass Irmelin ihre Meinung nicht ändern würde. Trotz der Bedrohung für den Zauberwald weigerte sich die Hexe, dem Elfenkönig zu vertrauen.

„Wenn er von unserem Geheimnis wüsste, würde er uns aus dem Zauberwald verbannen“, hatte sie gesagt. „Daran solltest du nicht einen Augenblick zweifeln. Er kann gar nicht anders – er ist der König.“

„Aber wenn wir ihm doch helfen können …“

„Das werden wir, so gut es geht“, hatte ihre Mutter erwidert. „Jedoch ohne unser Geheimnis preiszugeben.“

„Aber wenn …“

„Yvelle, die Weltengrenze ist zerbrochen. Und das ist womöglich unsere Schuld. Zumindest werden es die anderen Zauberwaldwesen so sehen. Sie trauen uns nicht. Das haben sie nie."

„Vielleicht liegt es bloß daran, dass wir ihnen nie vertraut haben. Sie kennen uns gar nicht. Du hast uns immer verboten, mit den anderen –"

„Und aus gutem Grund!" Irmelin war richtig böse geworden. „Wir sind nicht wie sie, das spüren sie und sie fürchten uns. Je weniger wir mit ihnen zu tun haben, desto besser."

Yvelle hatte es vor ihrer Mutter nicht zugegeben, aber sie hatte Angst bekommen. Vielleicht hatte Irmelin ja recht. Vielleicht würde der Elfenkönig die Hexen tatsächlich aus dem Zauberwald verbannen, wenn er die Wahrheit wüsste. Sie durften es nicht darauf ankommen lassen. Und doch … doch hatte sie Vertrauen gefasst zu dem Elfen. Er wirkte nicht verschlagen oder gar bedrohlich. In der vergangenen Nacht in seinem Thronsaal hatte er Yvelle fast leid getan. Sie hatte sich überlegt, wie es wohl war, wenn man so viel Verantwortung zu tragen hatte. Ein paarmal hatte sie seine schlanken Schultern unter dem weißen Umhang betrachtet und sich gefragt, wie sie diese Last tragen konnten. Ob er jetzt da oben saß in seinem Turmzimmer und über das Schicksal der Zauberwelt nachdachte, für das er verantwortlich war?

Eines Tages, wenn ihre Mutter es an der Zeit fand, würde sie den Hexenrat einberufen und ihm vorschlagen, Yvelle zur neuen Vorsitzenden zu machen. Solange Yvelle denken konnte, war sie auf diese Aufgabe vorbereitet worden. Streit schlichten, das Anlegen der Vorräte organisieren und den Bau neuer und die Ausbesserungsarbeiten alter Hütten planen oder Hexen zum Holz- und Wasserholen einteilen. Sie studierte Kräuterheilkunde und bekam Unterricht über den Umgang mit den verschiedenen Waldtieren und fantastischen Geschöpfen. Yvelle war eine gelehrige Schülerin. Doch was es wirklich bedeutete, für andere verantwortlich zu sein, das wusste sie nicht und sie wollte es am liebsten auch nie erfahren.

Ihre Mutter war für alle Hexen ein Vorbild, wie es ihre Großmutter Regula vor Irmelin gewesen war. Nie tat sie etwas, ohne vorher zu überlegen, welche Folgen es haben könnte. Sie wäre nie nachts allein an einem fremden Ort herumgeschlichen, nur weil sie neugierig war und nicht schlafen konnte.

Doch Yvelle war nicht wie ihre Mutter. Leise

schlich sie auf bloßen Füßen aus ihrem Gemach und den Korridor entlang. Noch brannten überall die Fackeln und die Elfen schliefen. Nur in der Küche im Erdgeschoss hörte sie leise Stimmen und klirrendes Geschirr. Die Küchenelfen bereiteten das Frühstück vor. Yvelle huschte an der offenen Tür vorbei und zum Palasttor. Hier standen zwei Elfen stocksteif wie steinerne Statuen und hielten Wache. Wahrscheinlich würden sie gar nichts dagegen haben, wenn die kleine Hexe ihnen sagte, dass sie einen Spaziergang machen wollte. Doch Yvelle wollte lieber nicht gesehen werden. Sie nahm einen Erdklumpen aus dem Beutel an ihrem Gürtel, zielte und wartete, bis einer der Elfen auf seine Füße blickte. Dann warf sie den Klumpen geschickt über seinen Kopf in den See.

Er platschte auf die Oberfläche und Wasser spritzte hoch.

„Wieder ein Silberkarpfen“, vermutete der eine Elf.

„Sieh trotzdem nach“, meinte der andere.

Der erste Elf ging ans Ufer und sein Kollege trat zwei Schritte vor, um besser sehen zu können. In dem Moment drückte sich Yvelle um die Ecke des Palasttores und glitt im Schatten der Wand davon.

Erst als sie auf der Rückseite des Palastes war, wagte sie, ans Wasser zu treten.

Das gegenüberliegende Ufer war mit Weiden bewachsen, deren Zweige bis ins Wasser hingen. Der See selbst war tief und schwarz. Die junge Hexe tauchte einen Fuß ins Wasser und zog ihn schnell zurück. Es war eiskalt!

Im selben Moment ertönte ein helles Lachen.

„Zu kalt für dich, kleine Hexe?“

Yvelle wandte den Kopf und entdeckte eine rothaarige Nixe, die bis zum Nabel im Wasser saß und mit dem Rücken an einem Felsen lehnte. Sofort gellte die Warnung ihrer Mutter durch Yvelles Kopf. Eigentlich hätte sie sich schweigend umdrehen und davongehen müssen. Doch sie sehnte sich so sehr danach, mit jemandem zu reden, der keine Hexe war.

„Frierst du nicht?“, fragte Yvelle und trat näher an den Felsen heran.

„Nur wenn ich auftauche“, sagte die Nixe und schwamm ihrerseits etwas näher ans Ufer heran. Unter der Oberfläche blitzte ihr grüner Schuppenkörper. Als die Nixe Yvelles Blick bemerkte, hob sie ihre Fischflosse aus dem Wasser. „Schon mal eine Nixe gesehen?“

Yvelle nickte. „Aber nur ganz kurz und von Weitem“, gab sie zu. „Du bist sehr schön.“

Die Nixe lachte vergnügt. „Ich habe auch noch nie eine Hexe aus der Nähe gesehen. Und bestimmt noch nie mit einer geredet. Wie heißt du?“

Wieder eine Regel des Hexenrates: Verrate niemals deinen Namen!

„Yvelle.“

„Ophelia“, sagte die Nixe. „Du bist hier, um den Elfenkönig zu warnen?“

Yvelle nickte. „Kennst du ihn? König Leandro?“

„Natürlich. Wir sind Nachbarn“, erzählte die Nixe. „Er kann sogar ganz gut schwimmen und tauchen – für einen, der keine Flosse hat.“

„Hm“, machte Yvelle. „Ist er … ist er nett?“

„Sicher.“ Die Nixe kam noch näher, bis ihr Oberkörper am Ufer lag und sie sich mit den Ellbogen aufstützen konnte. Sie betrachtete Yvelle interessiert. „Und hübsch ist er auch, unser König. Oder nicht?“

„Schon möglich“, sagte Yvelle verlegen.

Ophelia platschte mit ihrer Flosse. „Ich frage mich, warum die alle so einen Aufstand wegen der Weltengrenze machen. Ich hätte nichts dagegen, die Menschenwelt zu besuchen. Die Riesenwasserschlange

Gardia hat erzählt, dass es dort mehr Wasser gibt als Land. Das klingt himmlisch."

„Das stimmt", sagte Yvelle und versuchte, sich an alles zu erinnern, was ihre Mutter sie gelehrt hatte. „Man nennt diese großen Wasser Ozeane. Sie sind salzig und die Wellen hoch wie Berge. In den Ozeanen leben die wundersamsten Kreaturen. Manche sind sehr gefährlich."

„Alles hat Schattenseiten", erwiderte Ophelia unbekümmert. „Ich würde gerne mal in einem Ozean schwimmen. Von diesem See hier kenne ich jeden Winkel."

Yvelle betrachtete das dunkle Wasser, dessen Oberfläche im vereinten Schein des Elfenfeuers und der aufgehenden Sonne golden schimmerte.

„Woher weißt du denn so viel über die Menschenwelt?", fragte Ophelia.

„Von meiner Mutter", sagte Yvelle. „Altes Hexenwissen."

Das genügte Ophelia offenbar. Sie blickte Yvelle mit verträumten Augen an. „Sag mir, kleine Hexe – wie klingt ein Ozean?"

Dazu fiel Yvelle etwas ein. Sie ging ein paar Schritte am Ufer entlang und blickte sich um. Zwischen bunten Steinen fand sie, wonach sie gesucht hatte, und kehrte zu Ophelia zurück. Vorsichtig hob sie ihr Gewand, watete durch das seichte Wasser zu der Nixe und reichte ihr eine Muschel.

„Halt sie an dein Ohr. Dann hörst du, wie ein Ozean klingt."

Neugierig nahm die Nixe ihr die orangerote Muschel aus der Hand und presste sie an ihr rechtes Ohr. Sie lauschte und riss die Augen auf.

„Es rauscht!“, rief sie entzückt. „Ich kann es hören.“

Yvelle lachte auch. Sie konnte sich gut daran erinnern, wie ihre Mutter ihr diesen Trick gezeigt hatte. „Was du hörst, ist das Rauschen deines eigenen Blutes“, hatte Irmelin ihr erklärt. Aber das erzählte Yvelle der Nixe nicht. Manchmal war es schöner, wenn man nicht alles wusste.

„Jemand kommt!“, flüsterte die Nixe plötzlich. „Ich muss weg. Eigentlich sollte ich im Wasserpalast sein. Auf Wiedersehen, Yvelle.“

Mit drei lautlosen Flossenschlägen war Ophelia verschwunden. Yvelle fuhr herum und starrte zum Ufer. Die Nixe hatte recht: Zwischen den hohen Farnen am Ufer bewegte sich etwas. Yvelle watete ein paar Schritte auf das Ufer zu. Dabei trat sie auf einen glitschigen Stein und rutschte aus. Platschend fiel sie rücklings in den See und versank im eiskalten Wasser.

Die Kälte presste die Luft aus ihren Lungen, doch ihr Verstand setzte nicht aus. Der Lehm löste sich im Wasser von ihrem Gesicht und damit kam ihre nackte Haut zum Vorschein. Yvelles Hut schwamm an

der Wasseroberfläche und ihr blondes Haar breitete sich aus. Wenn sie jetzt auftauchte, würde jeder sie ohne Tarnung sehen. Das durfte nicht passieren. Yvelle strampelte mit den Füßen, bis sie im tieferen Wasser war, und schlüpfte aus ihrem Hexengewand. Mit beiden Händen rieb sie ihr Gesicht sauber. Dann ging ihr die Luft aus und sie musste auftauchen.

„Oh, hallo“, sagte König Leandro, der am Ufer stand. „Guten Morgen.“

„Morgen“, quiekte Yvelle.

„Ich hoffe, ich habe dich nicht erschreckt, kleine Nixe.“

„Ein bisschen“, sagte Yvelle atemlos. Sie warf einen Blick nach unten und sah erleichtert, dass das Wasser ihren Körper verbarg.

Der Elfenkönig trat näher. Diesmal trug er ein einfaches braunes Gewand mit drei goldenen Rauten auf der Brust, die einander an den Ecken berührten: dem Symbol der Ewigkeit.

„Wir kennen uns nicht, oder?“, fragte er.

„Ich kenne Euch“, sagte Yvelle schnell.

Leandro nickte. Sehr zu Yvelles Missfallen kletterte er auf den Felsen am Ufer und setzte sich darauf. Die nackten Füße tauchte er ins Wasser. „Warum bist du nicht im Wasserpalast? Konntest du nicht schlafen?“

Yvelle schüttelte den Kopf und versuchte, mög-

lichst wenig zu zittern. Das fiel ihr mit jedem Augenblick leichter. Die Nixe hatte recht gehabt. Wenn man erst mal im Wasser war, fror man nur mit dem Teil, der herausschaute. Sie tauchte bis zum Hals unter. „Stimmt es, dass die Weltengrenze zerbrochen ist?“, fragte sie.

Leandro nickte. „Kannst du deshalb nicht schlafen?“

„Warum ist es so furchtbar, dass die Grenze offen ist?“, fragte Yvelle.

Der Elfenkönig betrachtete die Oberfläche des Sees. „Meine Mutter hat es mir erklärt, als ich jung war und König wurde. Sie sagte, es müsse eine Grenze geben zwischen der Wirklichkeit und der Fantasie. Kein Wesen kann in einer Welt leben, in der alles möglich ist. Wie soll man träumen, wenn alles in Erfüllung geht? Was ist ein Wunder, wenn alles möglich ist? Was ist echt, wenn nichts traumhaft ist? Worauf kann man sich verlassen, wenn es keine Regeln gibt? Wo ist Hier, wenn es kein Dort gibt?“

So hatte Yvelle das noch nicht gesehen. Sie wünschte sich von ganzem Herzen, dem Elfenkönig erzählen zu können, wer sie war. Sie wollte ihm alles sagen und hören, wie er darüber dachte. Ihr Geheimnis wog so schwer, dass es sie beinahe unter die Oberfläche zog. Sie presste die Lippen zusammen, damit ihre Worte drinblieben und das Wasser draußen.

„Aber … ist es denn so schlecht, wenn man die Welt auf der anderen Seite der Grenze kennt?“, fragte Yvelle schließlich.

„Das weiß ich nicht“, gab Leandro zu. „Früher habe ich davon geträumt, die Menschenwelt zu sehen. Jetzt habe ich Angst davor.“ Er lächelte Yvelle an, und für einen Augenblick fühlte es sich an, als tauche sie tiefer in Leandros violette Augen als in den Weidensee. „Frag mich noch einmal, wenn ich zurückkomme. Dann werde ich eine Antwort für dich haben.“

„Zurück?“, fragte Yvelle erschrocken. „Woher?“

„Aus der Menschenwelt.“

Die Hexe erstarrte. Hatte Irmelin das kommen sehen? Wahrscheinlich. Im Kopf ihrer Mutter waren immer alle Möglichkeiten aufgelistet, ehe sie den ersten Schritt tat. Sie musste damit gerechnet haben, dass der Elfenkönig selbst die Grenze überschreiten würde.

„Aber wenn Euch etwas passiert …“

Leandro starrte auf seine Füße im kalten Wasser des Sees. „Sorgen kann man nicht fressen, sie fressen dich“, sagte er gedankenverloren.

„Man muss doch jemand anderen schicken können!“

„Wen?“, fragte Leandro. „Noch heute werden die Menschenkinder hier ankommen. Sie werden uns sagen, welche Zauberwaldwesen in ihre Welt eingedrungen sind. Jemand muss diese Wesen finden und sie zurückbringen. Sie werden wahrscheinlich nicht freiwillig mitkommen. Jemand muss sie dazu bringen. Womöglich auch Menschen vergessen lassen, was sie gesehen haben.“

„Alle Elfen haben die Macht, in die Gedanken anderer Wesen einzudringen“, sagte Yvelle hitzig. „Genauso gut könntet Ihr einen anderen Elfen schicken.“

„Ich bin der König“, sagte Leandro. „Wer die Krone trägt, trägt die Verantwortung.“ Er zog ein Knie hoch und schlang die Arme darum. Nachdenklich blickte er Yvelle an. „Es ist seltsam. Jedes deiner Worte überrascht mich“, sagte er. „Ich spüre sie nicht, bevor du sie sprichst.“

Irmelin hatte Yvelle davon erzählt. Elfen konnten die Gedanken und Gefühle der Hexen nicht lesen. Wenn der Elfenkönig herausfand, wer sie war, wäre alles verloren.

„Vielleicht seid Ihr müde“, schlug sie vor.

„Möglich“, sagte Leandro und rieb sich die Augen. Seine langen weißen Haare wehten im Morgenwind. „Bestimmt sogar. Der Greif hatte recht. Ich hätte schlafen sollen. Ein müder Herrscher nützt niemandem.“

Yvelle spürte, dass das Wasser um ihre Beine sich in einer Strömung bewegte, die vorhin noch nicht da gewesen war. Etwas näherte sich unter Wasser, und es war größer als ein Fisch. Wenn Ophelia wiederkam, würde sie alles verraten. Nicht aus Bosheit, sondern weil sie es nicht besser wusste. Doch der Kopf, der dicht neben Yvelle aus dem Wasser tauchte, war der einer gewaltigen Schlange mit bunten Schuppen.

„War neugierig“, zischte die Schlange, „wassss für Füssschen hier im Wasssser baumeln.“

Yvelle erschrak und starrte die Schlange mit großen Augen an.

Doch der Elfenkönig antwortete arglos: „Bloß meine, Gardia. Ich wollte einen kühlen Kopf bekommen.“

„Dann ssssteckssst du mit dem falssssen Ende im Ssssee.“

Yvelle musste lachen und Leandro stimmte mit

ein. Er kletterte von seinem Felsen und schüttelte die Tropfen von seinen Füßen.

„Entschuldigt, aber ich muss zurück in den Palast", sagte er. „Meine Gäste werden bald erwachen und ich fühle, dass der Drache neue bringt." Er blickte Yvelle an. „Wie ist dein Name, kleine Nixe?", fragte Leandro.

Ein Name. Leandro hatte gehört, dass ihre Mutter sie im Thronsaal mit Namen angesprochen hatte. Ihren eigenen konnte sie also nicht nennen. Es gab keine zwei Wesen im Zauberwald, die denselben Namen trugen. Sie musste sich einen Namen einfallen lassen.

„Undine", sagte Gardia. „Dasss issst Undine, Aquariasss Nichte."

König Leandro neigte leicht den Kopf zum Abschied und ging zum Palast zurück. Yvelle wagte nicht, sich zu bewegen, bis der König außer Hörweite war. Dann wandte sie sich der Riesenwasserschlange zu.

„Du fragssst dich jetzsst, kleine Heksse", sagte Gardia, „warum ich dich nicht verraten habe." Sie schlang ihren gewaltigen Leib um Yvelle.

Die nickte zitternd. „Du weißt, wer ich bin?"

„Ich weisss, wasss du bissst."

„Und … warum hast du es dem Elfenkönig nicht gesagt?"

„Gab keinen Grund", antwortete die Schlange. „Ich hüte alle Geheimnisse des Zssauberwaldesss. Manche sssind tiefer und ssswärzsser alsss der Sssee, in dem ich lebe. Doch deinesss issst interesssant. Sssehr."

„Aber du wirst es keinem erzählen?"

„Weissst du, woran man ein Geheimnisss erkennt? Daran, dasss esss geheim issst. Man kann nicht geben, wasss einem nicht gehört. Und diesssesssss Geheimnisss ist nicht meinssss. Noch nicht einmal allein deinesss." Sie hob die Schwanzspitze über Yvelle und ließ den nassen Blätterhut auf den Kopf der Hexe fallen. „Sssie warten auf dich im Palassssst. Zssseit, die Verkleidungen zsssu wechssseln, kleine Wassserheksssse."

Damit tauchte sie den Kopf unter Wasser, löste die Schlinge um Yvelles Leib und verschwand in den Tiefen des Sees.

Hasenjagd

Weißt du", sagte Theodor leise. „Als wir uns den Plan in unserer Höhle ausgedacht haben, war das fein. Ein bisschen verrückt, klar. Bloß keine Todesfalle. Aber jetzt …"

Knaster nickte zustimmend. Er bog ein paar Zweige beiseite und spähte durch den Busch, hinter dem sich die Freunde versteckten.

„Ich kann dir auch sagen, woran das liegt", fuhr Theodor fort. „D-d-die D-d-drachen. Sie sind so viel harmloser, wenn man sie sich nur vorstellt."

Wieder nickte Knaster und betrachtete die schillernden Kreaturen, die über den Felsenfieslingen durch die Luft glitten.

„Vielleicht sollten wir noch mal drüber nachdenken", meinte Theodor. „Immerhin sind Kalau, Kiwwel und Kürkin auf eigene Faust da rüber – wir wissen nicht mal genau, wie. Da haben wir ihnen gar nicht geholfen. Auf die Idee sind sie ganz von allein gekommen. Jaaa, gut, wir haben ihnen von der Menschenwelt erzählt. Aber möglicherweise wollten sie schon vorher unbedingt dorthin. Es könnte auch sein, dass ihre Eltern sich irren.

Oder, dass die drei sie angelogen haben und gar nicht in die Menschenwelt wollten. Vielleicht haben sie die Adler aus reinem Interesse nach dem Weg zum Grenzgebirge gefragt. Aber auch, wenn wir davon ausgehen, dass sie jetzt in der Menschenwelt sind, ist noch lange nicht gesagt, dass wir dafür verantwortlich sind."

Knaster ließ die Zweige los und blickte seinen Freund stumm an.

„Okay, okay", gab sich Theodor geschlagen. „Dann mal los." Er winkte mit den Ohren zu den Büschen links und rechts von ihnen. Die setzten sich auch prompt in Bewegung.

„Geht's jetzt los?", fragte Thalia aufgeregt, als sie mit ihrem Busch bei den beiden Freunden angelangt war.

„Hast du's so eilig, gefressen zu werden?", knurrte ihr Bruder Thilo.

Theodor ließ seine Zähne schnell gegeneinanderklappern. „Ruhe!", zischte er seine Geschwister an. „Niemand wird hier gefressen. Wir wissen aus sicherer Quelle, dass die Drachen niemanden fressen dürfen. Sie müssen Eindringlinge auf friedlichem Weg davon abhalten, auf die andere Seite zu gelangen."

„Für Drachen ist Fressen äußerst friedlich“, gab Theodosius zu bedenken. „Außerdem sind die Männchen sehr vergesslich. Kann ja sein, dass es ihnen nachher leidtut. Aber dann sind wir schon in ihren Bäuchen.“

„Du bist ein Angsthase, Brüderchen“, sagte Theodor.

„Allerdings. Darum bin ich auch so alt geworden“, meinte Theodosius.

„Du bist halb so alt wie ich!“

„Du warst schon immer ein furchtloser Draufgänger“, mischte sich Thilo ein. „Keine Ahnung, warum du nicht längst gefressen worden bist.“

„Wir haben den Plan genau besprochen“, sagte Theodor ärgerlich. „Jeder von euch weiß, was er zu tun hat, oder nicht?“

Vierzehn Hasen und Häsinnen nickten.

„Bisher hat doch alles geklappt“, meinte Knaster aufmunternd. „Die Farnfaune waren so nett, uns hierherzutragen. Die Drachen sind da, wo sie sein sollen. Und dahinten schlafen vier von ihnen. Genau wie geplant.“

„Bisher war auch noch nichts davon gefährlich“, meinte Thara unsicher und beäugte die Drachen in der Luft.

„Helft ihr uns jetzt oder nicht?“, fuhr Theodor seine Geschwister an.

„Wir tun’s“, sagte Thilo. „Eine Frage der Ehre.“

„Familiensache“, fügte Theresa hinzu. „Einer für alle, alle für einen.“

„Prima“, rief Knaster erleichtert. „Aber vergesst nicht: Ihr dürft erst losrennen, wenn wir euch das Zeichen geben.“ Er spähte zu den vier schlafenden Drachen auf dem Boden. „Wir haben Glück – einer ist rot.“

Theodor atmete tief ein. „Es ist Zeit“, sagte er fest. „Gebt acht!“

Seine Geschwister nickten und duckten sich hinter die Büsche.

Theodor schluckte. Er nahm das rote Bündel vom Boden auf. Knaster fasste in die Zweige und riss die Wurzeln aus dem Boden, die Theodor bereits angenagt hatte. Ganz langsam trug er den Busch näher an die schlafenden Drachen am Fuß des Grenzgebirges heran. Theodor folgte Schritt für Schritt. Als sie die Hälfte der Strecke hinter sich hatten, segelte ein bernsteinfarbener Drache auf sie zu. Die Freunde hielten die Luft an. Doch der Drache flog behände eine Schleife und wieder hoch zu den Felsenfieslingen am Gipfel.

Inzwischen hörten Theodor und Knaster das Schnarchen der Drachen. Es war so laut, dass die Giganten nicht mal mitbekommen hätten, wenn sich ihnen eine Herde Farnfaune genähert hätte.

„Ich hatte ganz vergessen, wie groß sie sind", flüsterte Theodor undeutlich, weil er das Bündel im Mund hatte.

„Ich nicht", zischte Knaster mit zittriger Stimme.

Vor dem rubinroten Drachen blieben sie stehen und Theodor legte das Bündel auf die Erde. Der Drache schlief auf der Seite und hatte die kurzen Arme und Beine in ihre Richtung gestreckt. Bei jedem schnarchenden Atemzug bewegte sich der Leib des Drachen wie ein lebendiger Berg.

„Was, wenn er aufwacht?", flüsterte Theodor.

„Das werden wir nicht lang bereuen. Hoffentlich ist das Seil nicht zu kurz. Das Bein ist unglaublich fett."

Vorsichtig warf Knaster das rote Seil über das Bein des Drachen und verknotete es. Dann breitete er die kleine Hängematte aus, die daran befestigt war. Das Blatt der Riesenrotbuche, aus dem sie gemacht war, hatte fast den gleichen Farbton wie die Schuppen des Drachen. Einen Augenblick lang sahen sich die Freunde in die Augen.

„Falls die Sache irgendwie schiefgeht …“, meinte Theodor.

„Wird sie nicht.“

„Ja, aber falls doch …“

„Wird sie nicht.“

„Es war mir eine Ehre, dein Freund zu sein“, flüsterte Theodor verlegen.

„Ganz meinerseits.“

Damit schlüpfte der Hase in die Hängematte. Knaster hob den Busch hoch. Ein letztes Mal holte er tief Luft und warf den Busch in hohem Bogen weg.

Im selben Moment schossen hinter den Büschen am anderen Ende der Ebene die Hasen hervor. Wie vereinbart, rannten sie erst nebeneinander in einer Linie auf das Grenzgebirge zu. Knaster sprang in die Hängematte und zog die Seiten hoch. Er ließ nur einen winzigen Spalt frei, um noch sehen zu können, was draußen vorging. Er konnte die Hasen erkennen, nicht jedoch die Drachen. Aber er wusste, dass sie auf die Eindringlinge aufmerksam geworden waren. Denn die Hasen verteilten sich über die Ebene, hielten aber weiter auf das Grenzgebirge zu.

Über ihnen ertönte ein Ruf, der von den Bergwänden verstärkt wurde, bis er von allen Seiten gleichzeitig zu kommen schien.

„EINDRINGLINGE!!!“

Andere Rufe folgten: „GEFAHR!“, „SICHERT DIE GRENZE!“, „RATTENALARM!“

„Hasen!“, zischte Theodor. „Es sind Hasen, ihr blinden Blödel!“

Knaster wollte ihn eben wissen lassen, dass er von jetzt an still sein sollte, weil der Drache jeden Moment aufwachen konnte. Da wurde die Hängematte mit einem Ruck hochgerissen. Knaster schlug sich die Hand vor den Mund, um nicht zu schreien. Der Drache hob so abrupt vom Boden ab, dass dem Kobold der Magen in den Bauch rutschte. Bei Kobolden lag er normalerweise in der rechten Schulter. Sie flogen!

„WO SIND SIE?“, brüllte der Drache, an dessen Bein sie hingen.

„ÜBERALL!“, antwortete ein anderer.

Offenbar hatte auch dieser Teil ihres Plans geklappt. Der Drache spürte das Federgewicht an seinem Hinterbein nicht. Der andere Drache schien ihr Versteck ebenfalls nicht zu bemerken.

Knaster und Theodor waren heilfroh, dass sie von dem, was folgte, nichts sehen konnten. Der rote Drache ging in einen Sturzflug über, der sich für seine beiden blinden Passagiere anfühlte wie freier Fall.

Als er endlich wieder senkrecht flog, purzelten die Freunde übereinander. Knaster trat Theodor ins Auge und wurde beinahe von einem Schlappohr erwürgt.

„STEHEN BLEIBEN!", rief der Drache. „IM NAMEN DES ELFENKÖNIGS!"

Offenbar reagierten Theodors Geschwister darauf nicht in gewünschter Weise. Denn der Drache keuchte ärgerlich und flog im Zickzack weiter.

„WEG VON DER GRENZE!", rief ein weiterer Drache.

Doch die wilde Jagd ging weiter. Knaster fiel ein, dass er den Hasen nicht gesagt hatte, wie lange sie die Drachen ablenken sollten. Eigentlich hätten sie

schon damit aufhören können. Ob sie inzwischen Spaß dran hatten, ihre Haken zu schlagen und die gewaltigen Kreaturen herumzuscheuchen? Immerhin musste ihnen mittlerweile klar sein, dass die Drachen sie weder grillen noch fressen würden.

Knaster hatte den Gedanken noch nicht ganz zu Ende gedacht, als er verbrannte Luft roch. Der rote Drache musste Feuer gespuckt haben.

„Das hat gewirkt“, rief ein Drache. „Sie bleiben stehen. Nicht besonders clever, was? Jetzt drängen sie sich alle zusammen.“

„WIR LANDEN!“, dröhnte der rote Drache und gleich darauf ging ein Ruck durch die Hängematte.

Knaster und Theodor spürten die Schritte des Drachen. Er bewegte sich nun zu Fuß. Knaster spähte wieder durch den Spalt und sah nun, dass die Hasengeschwister zitternd vor dem Drachen auf dem Boden hockten.

„Was soll das?“, fuhr der rote Drache die Hasen an. „Warum stört ihr die Grenze? Was wollt ihr in der Menschenwelt?“

„Äh … gar nichts“, quiekte Thilo.

„Warum rennt ihr dann wie die Irren darauf zu und hört nicht auf unsere Befehle?“, fragte ein goldgelber Drache, der ebenfalls gelandet war.

„Weil … das war halt der Plan“, piepste Theodosius.

„Welcher Plan?“, fragte der rote Drache.

„Na, wir sollten hier wie wild rumlaufen und euch ablenken.“

„Wovon?“, keifte der goldene Drache.

„Von den beiden, die auf die andere Seite wollten“, sagte Thara.

Die Drachen wandten sich zur Grenze um.

„Unsinn!“, rief der rote Drache. „Niemand kommt an uns vorbei.“

Die Hasen blickten zu ihm auf wie ein einziges Fellknäuel mit achtundzwanzig Augen, das gleichzeitig alle Ohren anlegte.

„Die beiden schon“, widersprach Theobald. „Sie sind bereits drüben.“

„Wer?"

„Ein Adler und eine Feldmaus."

„Ist es möglich?", fragte der rote Drache den anderen unsicher. „Kann es sein, dass wir einen Adler übersehen haben?"

„Wir waren mit den Ratten beschäftigt", meinte der andere.

„Und ihr seid sicher?", fragte der rote Drache die Hasen. „Sie haben die Grenze überquert?"

Die Hasen nickten alle gleichzeitig.

„Eigentlich wollte nur die Maus rüber. Der Adler sollte sie absetzen."

„Was will sie im Menschenland?", fragte der rote Drache.

„Äh … Urlaub machen", meinte Thilo unsicher.

„Dafür werdet ihr dem Elfenkönig Rede und Antwort stehen. Ihr habt das Grenzgesetz verletzt. Das Elfengericht wird –"

„Aber ihr könntet sie doch zurückholen", schlug Thara vor. „Sie können noch nicht weit sein. Und niemand fliegt schneller als ein Drache …"

„Wir dürfen nicht in die Menschenwelt", sagte der rote Drache. „Keiner darf das."

Knasters Herz klopfte so schnell, dass er Angst

hatte, es könnte sie verraten. Was, wenn der Plan jetzt noch schiefging?

„Es braucht doch niemand zu erfahren“, sagte Thilo. „Wenn nur einer von euch, sagen wir – der rote Drache, ganz schnell rüberhuscht und die Maus holt. Dann ist doch alles gut, oder?“

„Hm.“ Der rote Drache überlegte.

„Die Ratte hat recht“, meinte der goldene. „Denk an die Schande. Wenn wir dem Elfenkönig erzählen müssen, dass wir versagt haben. Und Obligo! Er hat dir die Verantwortung übertragen, solange er sich um die Menschenkinder kümmern muss.“

„Mist!“, rief der rote Drache und stampfte mit dem Fuß auf. Diesmal bekam Knaster eine von Theodors Pfoten ins Ohr. „Daran hab ich nicht gedacht. Das wird er mich nie vergessen lassen. In solchen Fällen hat der Kerl ein ausgezeichnetes Gedächtnis. Nur die eigenen Fehler vergisst er ganz schnell wieder.“ Der Drache wandte sich wieder an die Hasen. „Schön, ich fliege über die Grenze. Ihr wartet hier, verstanden?“

Die Hasen nickten. Der rote Drache schwang sich elegant in die Luft und flog dem Gipfel des Grenzgebirges entgegen. Knaster musste aufpassen, dass er nicht vor Freude losheulte. Stattdessen tanzte er den

Ohrentanz der Kobolde. Noch einmal warf er durch den Spalt einen Blick zurück und sah tief unter sich die Hasen. Der goldene Drache hob den Kopf und blickte dem roten nach. Das nutzten die Hasen sofort aus. Sie rasten los und waren bereits halb über die Ebene Richtung Zauberwald entkommen, ehe der goldene Drache etwas bemerkte. Erleichtert ließ sich der Kobold in die Hängematte plumpsen, als er auch schon die Hitze der Felsenfieslinge fühlte. Der Drache flog über den Gipfel. Knaster wagte es, erneut durch den Schlitz zu linsen. Sie waren immer noch sehr hoch oben.

Der Drache ging tiefer, damit er den Boden unter sich erkennen konnte.

„MAUS!", brüllte der Drache. „FELDMAUS UND ADLER! Ich weiß, dass ihr da seid! Zeigt euch!"

Er entfernte sich immer mehr vom Grenzgebirge auf seiner Suche. Nach einer Weile stieg er wieder etwas höher und Knaster sah vereinzelte Wolkenwesen. Die Aufregung fuhr wie ein Blitz durch seinen Körper. Es war so weit – die Menschenwelt.

„HUHUUUU, MAUUUUS!", brüllte der Drache.

Um ihn herum formten die Wolkenwesen erstaunte Drachengesichter.

„Habt ihr einen Adler und eine Maus gesehen?",

rief der Drache ihnen zu, doch sie antworteten ihm nicht. „Mist." Der rote Drache flog eine Schleife und hielt wieder auf das Grenzgebirge zu.

Hektisch zog Knaster an Theodors Ohr. Sofort steckte der Hase den Kopf durch den Schlitz und fing an, das Seil durchzunagen. Die Hängematte löste sich und die Freunde fielen. Ruckartig füllte sich das Riesenblatt mit Luft und bremste ihren Sturz.

Friedlich saßen der Hase und der Kobold in dem Korb, den sie an das große Blatt geknotet hatten, und segelten auf die Wolkenwesen zu. Der Drache flog allein weiter.

Als sie durch die Wolkendecke sanken, hörten sie eine leise Melodie und wurden ein bisschen nass. Und dann waren sie durch die Wolkendecke hindurchgeflogen und konnten unter sich die Menschenwelt erkennen.

„Da!", rief Theodor. „Der Steinbaum! Dort müssen wir landen!"

Knaster zog an dem Seil auf seiner Seite und sie wechselten die Richtung. Jetzt segelten sie genau auf das Dach des Steinbaums zu.

„Ist es der richtige?“, brüllte er.

„Keine Ahnung! Hauptsache, wir landen in einem Stück.“

Mit einem Mal kam Knaster die Geschwindigkeit der Hängematte gar nicht mehr gemächlich vor. Im Gegenteil – sie rasten auf das Dach zu.

„Mach eine Kugel!“, brüllte Theodor.

„Woraus denn?“

„Aus dir!“

Die Füße des Kobolds streiften das Dach und schleiften über den Stein. Er sah aus den Augenwinkeln, dass Theodor das Seil durchbiss. Dann plumpsten sie beide auf den Boden. Knaster befolgte Theodors Rat und rollte sich zusammen. Sie kullerten beide über das Dach. Als sie schließlich liegen blieben, ragten ihre Köpfe über die Dachkante und sie konnten die Steinwege tief unten sehen.

„Ufff“, machte Knaster. „Das war knapp.“

„F-f-findest du?“

Die Reise des Königs

Yvelle war so aufgeregt, dass sie kaum still sitzen konnte. Sie war die Einzige, die wusste, was der Elfenkönig gleich verkünden würde. Alle anderen saßen mit bleichen Gesichtern und weit aufgerissenen Augen um den riesigen Tisch. Die Küchenelfen hatten Speisen aller Art aufgetragen, von denen einige unglaublich appetitlich aussahen und rochen, während andere auf Yvelle wirkten, als wären sie schon einmal gegessen worden. Aber die Elfen hatten für alle Gäste der Versammlung etwas vorbereiten müssen. Und die hätten verschiedener nicht sein können.

Leandro hatte am Kopfende der Tafel Platz genommen. Die Hexen saßen zu seiner Linken. Zu seiner Rechten thronte der komische pelzige Kerl mit dem hohen Hut und dem krummen Stock. Am anderen Ende der Tafel füllte der Drache fast den halben Saal aus. Neben ihm saßen etwas verschüchtert die beiden Menschenkinder Ariane und Erik. Am Fenster des Thronsaals hockte ein Greif. Einige Elfen, deren Namen Yvelle nicht kannte, saßen zwischen den Hexen und den Menschenkindern.

Als König Leandro sich erhob, hätte die kleine Hexe schwören können, dass jedes Wesen im Saal den Atem anhielt.

„Danke, dass ihr gekommen seid", sagte der König ernst. „Ihr wisst, worum es geht. Ich habe vorab mit jedem von euch gesprochen und eine Entscheidung getroffen."

Nun atmeten alle gleichzeitig aus. Aus dem Maul des Drachen schoss eine kleine Feuerzunge, mit der er einen Teil der Speisen auf dem Tisch verbrannte.

„Upsi", sagte er. „'tschuldigung."

Leandro blickte ihn mahnend an und fuhr dann fort: „Die Weltengrenze ist zerbrochen. Nicht zum ersten Mal, aber ernster als sonst. Alle Wolkenwesen haben sich weit von ihren Verwandten, den Felsenfieslingen, entfernt und wollen offenbar nicht von selbst zurückkommen. Ich habe die Hexen gebeten, sich darum zu kümmern. Sie sind die Einzigen, die mit den Wolkenwesen umzugehen wissen. Die Greife haben ihre Hilfe versprochen. Sie werden die Hexen zu den Wolkenwesen tragen. Irmelin –" Der König nickte Yvelles Mutter zu, „braucht jedoch das Wissen eines Menschen, um die Grenze erneut aufzubauen." Jetzt wandte Leandro seinen Blick dem Menschenmädchen zu. „Und Ariane hat sich bereit erklärt, mit den Hexen zu gehen. Wir werden dafür sorgen, dass in der Menschenwelt niemand euer Fehlen bemerkt, Ariane und Erik."

Die Elfen tuschelten miteinander, wurden aber sofort wieder still, als Leandro sie ansah.

„Leider ist die Grenze nicht unser einziges Problem", fuhr der Elfenkönig fort.

„Allerdings nicht!", ließ sich Bertram vernehmen.

„Wir wissen von unseren Menschenfreunden, dass mindestens drei Kobolde in ihre Welt eingedrungen sind. Außerdem habe ich eine Gedankenbotschaft von der Drachenwache empfangen. Offenbar sind auch ein Adler und eine Feldmaus auf die andere Seite gelangt."

„Völlig ausdenkbar! Also so was von … Nein-neinohneinohnein, ganz und gar nicht unmöglich!", plusterte sich Obligo auf. „Keiner kommt an den Drachen vorbei. Das tut gar nicht in die Tüte kommen, tut das nicht!"

„Lingua selbst hat mir die Botschaft geschickt", sagte König Leandro ruhig.

„Na, dann stimmt's wohl", sagte Obligo sofort. Er grinste. „Das hat sie aber ordentlich versaut, die Guteste, was?" Er wandte sich frohlockend an die Versammlung. „Immer groß rumtönen und Ratschläge vorwerfen und alles guter wissen als meinereiner oder einer sonst. Und dann so was. Hehe!" Er erntete nur verständnislose und empörte Blicke von allen Seiten und räusperte sich kleinlaut. „Äh … ich meine … furchtbar, das. Ganz furchtbar. Bin schockiert, Euer Hochheitlichkeit."

„Wir müssen die Kobolde, den Adler und die Maus finden und sie zurückbringen", sagte Leandro scharf. „Erik wird bei der Suche helfen, ebenso ein Waldwesen und – ich."

„Niemals!" Einer der Elfen sprang entrüstet auf. „Majestät! Das ist undenkbar! Ihr dürft den Zauberwald nicht verlassen, nicht ausgerechnet jetzt!"

Die anderen Elfen nickten.

„Wer sonst?", fragte Leandro, wie er es schon

Yvelle am Morgen gefragt hatte. Und genau wie sie hatte der Elf keine Antwort. „Ich kann dir versichern, Ernesto, dass ich nicht das geringste Verlangen verspüre, den Zauberwald zu verlassen. Ich kann nur erahnen, welchen Mut es diese beiden Menschenkinder gekostet haben muss, hierherzukommen." Er blickte Erik und Ariane an. „Und ich danke euch dafür."

Dem folgte zustimmendes Gemurmel. Yvelle fing einen Blick des Menschenmädchens auf und lächelte ihm zu. Es erwiderte das Lächeln.

„Wir werden die Kobolde überreden müssen zurückzukommen", sagte der König. „Und ich sage euch ohne Stolz, dass ich der Einzige bin, der das kann. Kobolde sind sprunghafte Kreaturen, deren Wesen nicht leicht zu durchschauen ist. Nein, dies ist meine Aufgabe und die keines anderen."

Wann?

Leandro wandte sich dem Greif zu. „Wir brechen heute auf", sagte er. „Die Zeit in der Menschenwelt vergeht zum Glück sehr viel langsamer als die im Zauberwald. Aber die Kobolde haben trotzdem einen Vorsprung. Wir können nicht riskieren, dass sie gefangen werden. Es wird schwer genug sein, sie gegen ihren Willen zurückzuholen. Wenn die Menschen sie einsperren …“

Yvelle fragte sich, was die Menschen mit den Kobolden tun würden, wenn sie die drei einfangen könnten.

In dem Moment räusperte sich Bertram, der Dachs. „Nun, damit wäre eine Seite des Plans wohl ausreichend beleuchtet. Den wichtigsten Punkt der Tagesordnung hast du aber noch nicht erwähnt, Leandro. Wenn du so freundlich wärst …“ Er schob die Brust heraus und hob das Kinn.

König Leandro sah ihn überrascht an.

„Was meint er?“, fragte der Elf Ernesto.

„Ich denke“, sagte der Elfenkönig, „mein Freund Bertram will, dass ich euch sage, warum er hier ist. Ich habe ihn gebeten, die Leitung des Zauberwaldes zu übernehmen, solange ich weg bin.“

Bertram nickte zufrieden. „Eine schwere Bürde, gewiss. Aber was tut man nicht alles für die Allgemeinheit und seine Untertanen?“

„Was?“, rief Ernesto. „Ein Dachs? Ein pelziges Waldtier soll –“

„Genug!“ König Leandro hatte seine Stimme nicht erhoben, doch sein Ton war schneidend. „Bertram ist der Sprecher aller Zauberwaldtiere. Er ist es gewohnt, Entscheidungen zu treffen und auszuführen. In meiner Abwesenheit werdet ihr auf ihn hören, als wäre er euer König."

Die Elfen schwiegen und blickten auf die Tischplatte. Doch Yvelle brauchte ihre Gedanken nicht lesen zu können, um zu wissen, was sie dachten. Offenbar hatten sie damit gerechnet, dass einer von ihnen den Platz des Elfenkönigs einnehmen würde.

„Damit ist von meiner Seite alles gesagt", sprach Leandro wieder. „Hat jemand von euch noch etwas vorzubringen?"

Die Elfen standen alle gleichzeitig auf.

„Etwas, das nichts mit der Wahl meines Stellvertreters oder mit meiner Entscheidung, in die Menschenwelt zu reisen, zu tun hat?", fragte König Leandro.

Die Elfen setzten sich wieder.

„Gut. Dann ist die Versammlung hiermit beendet", verkündete der Elfenkönig. „Jeder kennt seine Aufgabe. Obligo wird Erik und mich zur Grenze bringen und auf der anderen Seite absetzen. Die Greife bringen die Hexen und Ariane zurück zum Hexendorf."

„Äh … eins noch, Leandro", sagte der Dachs. „Von wo aus werde ich regier… äh – arbeiten?"

König Leandro überlegte kurz. „Ernesto bringt dich in mein Turmzimmer."

„Ausgezeichnet. Ganz wunderbar", sagte der Dachs strahlend und sprang von seinem Stuhl. „Dann legen wir mal los." Er reichte dem Elfenkönig die Hand und schüttelte sie ausgiebig. „Gute Reise, alter Freund. Komm gesund zurück. Viel Glück. Und mach dir keine Sorgen. Hier ist alles in festen … äh … guten Pfoten." Er wandte sich den anderen Elfen zu. „So, Enrico, dann wollen wir mal."

„Ernesto", knurrte der angesprochene Elf und blickte seinen König flehentlich an, doch der schüttelte kaum merklich den Kopf. Ernesto schloss die Augen. „Glück auf Euren Wegen, Majestät!"

Damit verbeugten sich die Elfen vor ihrem König, dann vor dem Rest der Versammlung, und verließen mit Bertram auf den Fersen den Thronsaal.

„Ist ja gut", murmelte der Dachs. „Wir wissen ja alle, dass ihr lange Beine habt. Nicht so schnell, Kollegen, nicht so schnell."

Leandro wandte sich den Menschenkindern zu, die einander an den Händen hielten. „Ihr wollt euch sicher noch verabschieden?"

Erik nickte und Ariane schluckte. Offenbar waren

sie überrascht, wie schnell der Elfenkönig seinen Plan in die Tat umsetzte.

„Majestät?“, meldete sich Yvelles Mutter zu Wort. „Wenn ich Euch noch kurz unter vier Augen sprechen dürfte?“

Yvelle legte ihrer Mutter eine Hand auf die Schulter und flüsterte ihr ins Ohr: „Mama, lass mich bitte auch mitkommen.“

Irmelin schüttelte knapp den Kopf und stand auf. Doch Yvelle erhob sich ebenfalls. „Du willst doch, dass ich mal an deine Stelle trete …“

Die Vorsitzende des Hexenrates blickte ihre Tochter forschend an. Dann stimmte sie widerstrebend zu. „Schön.“ Sie wandte sich wieder an den Elfenkönig. „Wenn es Euch nicht stört, Exzellenz – meine Tochter wird ebenfalls anwesend sein.“

„Also sechs Augen“, sagte Leandro und führte die beiden Hexen aus dem Thronsaal. Im Vorbeigehen legte er Ariane eine Hand auf die Schulter. „Mach dir keine Sorgen“, sagte er freundlich. „Ich werde auf deinen Bruder aufpassen.“

Ariane nickte. Sie lächelte dem Elfenkönig und den Hexen zu, doch Yvelle fiel auf, dass ihre Unterlippe zitterte. Das Mädchen tat ihr leid. Als sie dem König und ihrer Mutter

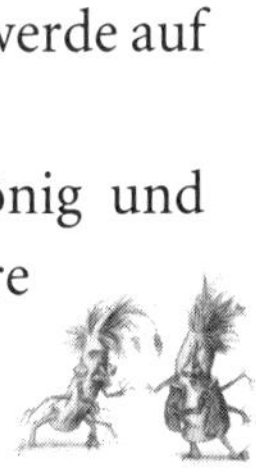

aus dem Thronsaal und in eines der anderen Palastzimmer folgte, drehte sie sich noch ein paarmal zu ihr um.

„Du magst das Menschenmädchen“, stellte Leandro fest, als sie in dem kleineren Raum waren und er die Tür hinter ihnen schloss.

„Ja“, sagte Yvelle. Sie räusperte sich. „Bestimmt hat sie Angst.“

„Die sollten wir alle haben“, stellte Irmelin fest. „Vor allem Ihr, Majestät.“ Sie trat dicht vor den Elfenkönig. „Ihr kennt die Menschenwelt nicht –“

„Du schon?“, fragte König Leandro überrascht.

„Nein, natürlich nicht“, wiegelte Irmelin schnell ab. „Nur aus Erzählungen. Aber ich weiß genug, um zu wissen, dass dort Gefahren lauern, von denen Ihr nichts ahnt.“

Yvelle war verblüfft. Wollte ihre Mutter dem Elfenkönig etwa ausreden, in die Menschenwelt zu reisen?

„Wenn Euch etwas zustoßen sollte …“, fuhr Irmelin fort. Unter dem Lehm konnte Yvelle nur erahnen, dass das Gesicht ihrer Mutter ernster war, als sie es je gesehen hatte. Zum ersten Mal fiel Yvelle auf, dass Irmelin nicht mehr jung war. Sie wirkte immer so stark und bestimmt, dass der kleinen Hexe dieser

Gedanke nie gekommen war. „Die Auswirkungen wären fürchterlich für den gesamten Zauberwald."

„Ich habe nicht vor, mir etwas zustoßen zu lassen", sagte Leandro. Seine Stimme war ruhiger als der Ausdruck in seinen Augen. „Und bis ich wieder hier bin, wird Bertram –"

„Ja, auch das macht mir Sorgen", sagte Irmelin schroff. „Macht ist nie gut aufgehoben bei einem, der danach greift."

„Bertram ist auf meine Einladung in den Palast gekommen."

„Und schnell wie der Wind", sagte Irmelin trocken. „Es ist ihm nicht schwergefallen, die Bürde anzunehmen, die Euer Amt mit sich bringt. Es wird ihm nicht leichtfallen, sie wieder aufzugeben. Aber darüber werden wir uns später noch den Kopf zerbrechen müssen."

„Auch ich habe mir meine Krone nicht verdient", sagte der Elfenkönig leise. „Meine Mutter setzte sie mir auf den Kopf, als ich nichts weiter darüber wusste, als dass sie schön funkelt."

„Ihr habt sie verdient mit jedem Tag, der diesem ersten folgte", sagte Irmelin.

Yvelle schnappte nach Luft. Nie hatte sie gehört,

dass ihre Mutter jemandem derart Respekt zollte. Der Elfenkönig neigte dankend den Kopf.

„War es das, was du mir sagen wolltest?“, fragte er einen Augenblick später. „Diese Bedenken hättest du auch während der Versammlung äußern können.“

„Wenn eine Entscheidung einmal gefällt ist, kann man sie nur schwächen – oder den, der sie gefällt hat. An beidem ist mir nicht gelegen. Ihr regiert den Zauberwald, nicht ich.“

Hatte Irmelin damit gerechnet, dass der König ihr die Krone überlassen würde? Bestimmt nicht. Irmelin hätte gewiss abgelehnt, da war sich Yvelle sicher. Aber was wollte sie dann?

„Wir Hexen … haben unsere eigenen Wege“, sagte Irmelin. Sie trat zwei Schritte zurück und raffte ihr langes Gewand, als wollte sie einen Knicks machen. „Vor jedem Schritt überlegen wir, welcher diesem folgen wird und welcher dem nächsten. Vor einer Weile ergab sich eine Gelegenheit, die ich ergriff, um zu haben, was ich Euch heute geben möchte.“

Sie zog unter ihrem Gewand etwas hervor, das Yvelle noch nie gesehen hatte. Das Sonnenlicht fiel glänzend darauf und brach sich grün und grell, bis Yvelle geblendet die Augen schloss. Sie hielt eine

Hand vors Gesicht und betrachtete das Ding genauer. Es war ein Hemd aus grünen Schuppen ohne Ärmel und Kragen, Knöpfe oder Bändchen.

„Was ist das?“, fragte König Leandro fasziniert. „So etwas habe ich nie gesehen.“

„Es ist ein Panzer“, sagte die Hexe und reichte das Hemd dem Elfenkönig.

„Er ist ganz leicht“, bemerkte er. „Aber woraus –“

„Drachenschuppen“, sagte Irmelin. „Die Schuppen des Drachen, der Euch tragen wird.“

Leandro runzelte die Stirn. Er betrachtete das Schuppenhemd. Dann sah er Yvelle an und danach wieder ihre Mutter.

„Ihr habt Obligo die Schuppen an seinem Bauch genommen.“

„Er hat sie freiwillig gegeben“, sagte die Hexe. „Für etwas, was er damals nötiger brauchte. Eine Information. Er hat sie erhalten. Es war ein fairer Tausch.“

„Der ihn beinahe das Leben gekostet hätte“, stellte Leandro fest. „Eine Schlange hat ihn in den Bauch gebissen.“

„Sie war nicht giftig.“

„Und das wusstest du vorher? Wohl kaum. Du hast ihn verletzlich gemacht.“

„Um Euch heute weniger verletzlich machen zu können. Alles hat seinen Preis“, sagte Yvelles Mutter ohne Bedauern. „Denkt über mich, wie Ihr wollt. Aber tragt den Panzer, ich bitte Euch.“

„Und wie soll ich das Obligo erklären?“

Irmelin zuckte die Schultern. „Sagt ihm die Wahrheit. Ich habe gehört, es wäre der beste Weg, sich umständliche Lügen zu ersparen.“

Yvelle schnaubte und hätte sich im nächsten Augenblick am liebsten selbst geohrfeigt. Irmelin und der Elfenkönig blickten sie an.

„Wolltest du etwas sagen?“, fragte ihre Mutter scharf.

Yvelle schüttelte den Kopf.

„Bist du sicher?“, fragte der König.

Yvelle nickte. Noch ein paar Atemzüge länger beobachtete der Elfenkönig sie, dann wandte er sich wieder an Irmelin.

„Ich danke dir“, sagte er. „Ich werde den Panzer tragen. Was geschehen ist, ist geschehen.“

Irmelin verneigte sich. „Ich wünsche Euch Glück, Majestät, für Eure Aufgabe. Euch und uns allen. Komm, Yvelle.“

Yvelle öffnete die Tür, als der Elfenkönig leise ihren Namen aussprach.

Sie drehte sich um.

„Einen Augenblick, bitte."

Yvelle blickte ihre Mutter fragend an. Die nickte widerstrebend und ging. Yvelle schloss die Tür hinter ihr und hatte das Gefühl, damit auch alle Luft auszusperren. Sie wagte nicht, den Elfenkönig anzublicken, also betrachtete sie ihre bloßen Füße auf dem Steinboden. Auch ihre Füße waren mit Lehm verschmiert wie ihr Gesicht. Zum ersten Mal in ihrem Leben schämte sie sich dafür.

„Ich werde dich nicht bitten, deine Mutter zu verraten oder gar dein Volk", sagte Leandro leise. „Aber aus irgendeinem Grund weiß ich, dass ich dir vertrauen kann."

Yvelle hob nun doch den Kopf und erwiderte den Blick aus den violetten Augen.

„Vielleicht weil ich glaube, dass du auch mir vertraust", sagte Leandro. „Ich will dich bloß eines fragen. Und ich bitte dich, mir ehrlich zu antworten oder gar nicht. Willst du das tun?"

Sie zögerte kurz, dann nickte sie.

„Ich spüre, es gibt etwas, was ihr mir nicht sagt. Ein Geheimnis."

Yvelle schwieg.

„Ich möchte nur wissen, ob es mit dem zu tun hat,

was gerade geschieht. Mit dem Zerbrechen der Grenze."

„Ich weiß es nicht, Majestät", sagte sie leise.

„Gut. Erlaube mir noch diese Fragen: Wäre mir damit geholfen, wenn ich euer Geheimnis kennen würde? Würde es mir die Aufgabe erleichtern, die vor mir liegt?"

Yvelle dachte gründlich darüber nach. Sie versuchte, zu denken wie ihre Mutter, jeden Schritt im Voraus zu sehen und die Schritte zu berücksichtigen, die bereits gemacht waren. Dann schüttelte sie den Kopf.

„Ihr müsstet immer noch die Zauberwaldwesen aus der Menschenwelt holen und wir müssten immer noch die Grenze heilen", sagte sie dann.

König Leandro atmete auf. „Gut", sagte er. „Dann nehme ich dein Wort dafür."

Yvelles Herz klopfte und sie verneigte sich. „Glück auf Euren Wegen, Majestät."

„Und dir auf deinen, Yvelle. Die Hoffnungen des Zauberwaldes liegen in euren Händen."

Und in diesem Augenblick begriff die junge Hexe. So also fühlte sich Verantwortung an. Sie nickte, straffte die Schultern und ging entschlossen zur Tür.

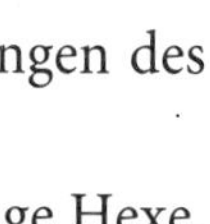

Vollkommener Frieden

„Das Problem“, erklärte Irmelin Ariane, „ist ihre Neugier. Ihre Sehnsucht. Ihr Verlangen. Das sind die Gründe dafür, dass sie sich überhaupt fortbewegen, weg von zu Hause. Wolkenwesen sind rastlose Wanderer. Weh und Wonne halten sich die Waage. Du weißt, wie die Grenze ursprünglich geöffnet wurde?“

Ariane überlegte. Sie unterhielt sich mit der Oberhexe ebenso ungern, wie sie gern mit ihrer Tochter redete. Eine Unterhaltung mit Irmelin war ungefähr so angenehm wie eine mündliche Prüfung in der Schule. Eine Prüfung, auf die man sich nicht vorbereitet hatte. Ariane hatte den letzten Abend bis tief in die Nacht mit der Hexe verbracht. Irmelins Fragen über die Menschenwelt schienen kein Ende nehmen zu wollen. Immer wieder war sie enttäuscht gewesen, wenn Ariane ihr etwas nicht beantworten konnte. Woher sollte sie wissen, wie ein Auto funktionierte? Von Ackerbau bis Zeitmessung kannte Irmelins Neugier keine Grenzen.

„Die Wolkenwesen haben Fragen gestellt“, erinnerte sich Ariane. „Und wenn man die richtige Antwort kannte, haben sie einen durchgelassen.“

„Das ist nur halb richtig“, sagte Irmelin über die Schulter und Yvelle verdrehte leicht die Augen, was Ariane zum Lächeln brachte. „Sie haben nach der anderen Welt gefragt. Und wenn sie davon hörten, zog es einige von ihnen auch dorthin. Sie rissen sich von den Felsenhänden los und trieben über die Grenze. So entstand für kurze Zeit eine Lücke. So soll es wieder sein. “

Irmelin kniete auf dem Boden und pflückte Kräuter, die sie in einen Korb legte. Bei jedem Kraut fragte sie ihre Tochter nach dem Namen, der Verwendung und der Wirkung.

„Die Wolkenwesen sind keine pflichtbewussten Wächter“, erklärte Irmelin. „Zwar lassen sie niemanden ungefragt die Grenze passieren, doch betrachten sie das nicht als ihre Aufgabe. Es heißt, vor langer Zeit habe sich ein Wolkenwesen in einen Felsenfiesling verliebt und sich mit ihm vermählt. Seitdem sind sie eine Familie.“

„Warum heißen sie eigentlich Felsenfieslinge?“, fragte Ariane.

Irmelin richtete sich halb auf und wandte sich irritiert zu ihr um. „Das tut zwar nichts zur

Sache, aber warte nur, bis dich mal einer anspuckt. Mit glühend heißer Lava … – Also, sie sind eine Familie. Doch die Wolkenwesen sind voller Abenteuerlust, voll Fernweh."

„Warum?", fragte Ariane, und diesmal bemerkte sie, dass ihre Frage sowohl bei Irmelin als auch bei Yvelle Unbehagen auslöste. Sie biss sich auf die Unterlippe.

„Auch das spielt keine Rolle", sagte Irmelin und stand vom Boden auf. Sie klopfte ihr Gewand sauber und hob den Korb auf.

„Und wozu braucht ihr mich bei der Sache?", fragte Ariane. „Wie kann ich denn helfen, die Wolkenwesen zurückzuholen?"

„Auf zweierlei Art", erklärte Irmelin. „Wir Hexen waren stets auch Hüter der Grenze. Ist ein Wolkenwesen verletzt, heilen wir es. Im Gegenzug teilen sie ihr Wissen mit uns. Sie erzählen uns, was sie auf ihren Reisen sehen. Nun müssen wir sie bewegen, nach Hause zu kommen. Wenn wir Erfolg haben, ist die Grenze repariert – und damit geschlossen."

„Dann sitze ich im Zauberwald fest und König Leandro und die Kobolde in der Menschenwelt", stellte Ariane fest.

Irmelin nickte. „Erneut werden die Wolkenwesen

eine Frage stellen, die nur der beantworten kann, der die Menschenwelt kennt. Die einzige Möglichkeit, sicher zu sein, dass wir die Antwort kennen …"

„… bin ich", sagte Ariane.

„Genau", bestätigte Irmelin. „Dies ist der zweite Teil deiner Aufgabe."

„Und was ist der erste?"

„Das wirst du gleich sehen", erwiderte Irmelin knapp und stapfte zwischen den Bäumen hindurch tiefer in den Wald. Yvelle zuckte die Schultern und folgte ihr zusammen mit Ariane.

Die Sonne stand am wolkenwesenlos klaren Himmel und fiel durch das Blätterdach über ihnen auf den Waldboden zu ihren Füßen. Sie malte goldene Punkte auf Moos und Farne, abgebrochene Äste, Blumen und Gras. Hin und wieder fuhr eine leichte Brise durch die Blätter und Nadeln der Bäume und Büsche und erfüllte die Luft mit einem freundlichen Rauschen. Rings um sie herum raschelte und knackste es, wenn sich kleine Waldtiere und fantastische Geschöpfe ins Unterholz duckten oder neugierig zwischen schützenden Zweigen zu ihnen herüberspähten. Auf einer Lichtung begrüßte sie ein Hirsch, wünschte ihnen viel Glück und ging dann gemächlich wieder seiner Wege.

Ariane hatte einen Wald wie diesen in der Menschenwelt noch nie gesehen. Es roch nach satter Erde, würziger Rinde und warmen Steinen, nach feuchtem Moos, Pilzen und klarer Luft.

„Was bringt uns dazu, dass wir uns wünschen, dort zu sein, wo wir nicht sind?", fragte Irmelin und riss Ariane damit aus ihren Gedanken.

„Langeweile?"

„Nein."

Yvelle schlug sich die Hand vor den Mund, um nicht zu kichern. Sie hatte Ariane anvertraut, dass sie es genoss, einmal nicht als Einzige im Blickfeld ihrer Mutter zu sein.

„Sehnsucht entsteht nicht, weil uns etwas fehlt oder wir etwas brauchen. Wir sehnen uns, weil wir etwas wollen", sagte die Hexe und kniete sich vor einen Baum, unter dem sie eine Kolonie von Pilzen entdeckt hatte.

„Ich bin giftig", piepste einer mit einer blauen Kappe schnell.

„Nein, bist du nicht", sagte Irmelin, pflückte ihn und steckte ihn in den Korb.

„Wart's nur ab", sagte der Pilz im Korb. „Wenn du mich frisst, mach ich dich tot."

„Ich will dich nicht essen“, erklärte Irmelin. „Ich brauche dich für einen Trank.“

„Wenn du mich trinkst, mach ich dich noch töter“, versprach der Pilz.

„Unsinn. Du wirst wieder nachwachsen, wie jedes Mal“, versetzte Irmelin. Und tatsächlich wuchs bereits ein neues blaues Köpfchen aus der Wurzel, reckte sich der Sonne entgegen und machte *plopp*.

„Hoppla!“, freute sich der neue Pilzkopf. „Da bin ich wieder.“

Der abgepflückte Pilz im Korb regte sich hingegen nicht mehr. Der neue Pilz beäugte Irmelin misstrauisch. „Wenn du mich pflückst –“

„Jaja.“

Die Hexe stand auf. „So, fehlt noch das Wichtigste. Die Paxwurzel, dann haben wir alles.“ Sie sah Ariane an. „Die Wolkenwesen sind voller Sehnsucht. Sie träumen und wünschen und wollen. Was sie haben, wo sie sind – es genügt ihnen nicht.“

„Warum ist das schlecht?“, fragte Yvelle.

„Weil man so nie zur Ruhe kommt“, brummte Irmelin. „Zu jedem Berg gibt es einen höheren, zu jedem Genuss einen größeren, zu jedem Ziel ein weiteres.“

„Aber … wenn man sich nicht immer ein neues Ziel sucht, wie soll man sich denn dann entwickeln?“, fragte Ariane. „Und wenn man nicht über den Tellerrand hinausschaut, wie soll man da seinen Horizont erweitern?“

Irmelin blickte sie verblüfft an und nickte anerkennend. „Du hast recht, Ariane. Ich spreche auch nicht von persönlicher Entwicklung. Ich spreche von dem Drang, immer woanders und jemand anders sein zu wollen, immer das zu wünschen, was man nicht hat.“

„Und was willst du damit sagen?“, fragte Yvelle. „Dass man nicht träumen soll?“

„Ich will damit sagen“, erklärte Irmelin, „dass ein rollender Stein kein Moos ansetzen kann. Und wenn wir ehrlich sind – Steine mit Moos drauf sind doch sehr viel hübscher. Irgendwann muss man stillstehen, sonst wird man niemals Wurzeln schlagen. Einmal kommt die Zeit, wo man sich einen Ort sucht, an dem man zu Hause ist.“

Damit drehte sich die Hexe um und fing an, den Abhang zum Bach hinunterzuklettern. Yvelle und Ariane folgten ihr.

„Wie wollen Sie die Wolkenwesen zurückholen?“, fragte Ariane.

„Wir locken sie mit dem Gegenteil dessen, was sie weggezogen hat. Wir machen ihnen Heimweh, das sie von ihrem Fernweh heilt.“

„Wie macht man jemandem Heimweh?“, fragte Yvelle.

„Indem man ihm von zu Hause erzählt“, sagte Irmelin. Sie blieb stehen, um zu verschnaufen, und stützte die Hand in den Rücken. „Unsere Worte müssen das Bild des Waldes vor ihren Augen entstehen lassen. Wir bringen den Wolkenwesen außerdem den Duft, Geschmack und Klang des Zauberwaldes.“

„Aber … was ist, wenn die Felsenfieslinge und die Wolkenwesen sich wieder streiten?“, fragte Yvelle.

„Genau dafür brauchen wir die Paxwurzel“, sagte Irmelin. Die letzten steilen Schritte bis zum Bachbett ließ sie sich von Yvelle stützen. Unten gingen sie schweigend am Ufer entlang und lauschten dem Zwitschern der Vögel.

„Ah.“ Irmelin blieb stehen. „Hier haben wir sie ja.“ Sie wandte sich an Ariane. „Du wolltest wissen, was der erste Teil deiner Aufgabe ist? Hier ist er. Knie dich neben mich.“ Ariane folgte der Aufforderung. „Yvelle, hast du das Blatt? Mach es nass und gib es

Ariane. Dann tritt zurück. Auch wenn es nicht viel helfen wird."

Erst dachte Ariane, Irmelin wolle einen Stein herausholen, doch die Hexe tastete bloß im Wasser.

„Gib mir deine Hand", forderte sie Ariane auf. „Hier … fühlst du das? Dies ist die Wurzel der Riesenblutbuche. Davon benötigen wir ein Stück. Du wirst all deine Kraft brauchen. Er lässt nicht los. Verständlich, denn die hier wird nicht nachwachsen."

„Er?", fragte Ariane, als sie sich neben Irmelin auf den lehmigen Boden kniete. Sie fühlte, wie das Wasser den Stoff ihrer Jeans durchweichte.

Irmelin hob den Kopf und betrachtete den großen schwarzen Baumstamm, der sich auf der anderen Seite des Baches in den Himmel reckte. Ariane folgte ihrem Blick und schaute dann wie Irmelin am Stamm entlang nach oben. In schier endloser Höhe, weit über all den anderen Kronen, breiteten sich die gewaltigen Äste mit den riesengroßen Blättern aus. Sie waren blutrot und oval. Die Sonne schien durch sie hindurch und hob ihre Adern dunkel hervor.

„Seine Wurzel brauchen wir", sagte Irmelin. „Du musst dich beeilen. Sobald du sie gepflückt hast, wickle sie in das Blatt. Bist du bereit?"

Ariane nickte.

„Gut, dann zieh jetzt."

Als Ariane mit aller Kraft an der Wurzel zog, tönte ein lang gezogenes schmerzerfülltes Ächzen durch den Wald. Der Baum litt. Am liebsten hätte Ariane aufgehört, so jammervoll hörte es sich an.

„Weiter", drängte Irmelin.

Endlich riss die Wurzel ab und Ariane hatte sie in der Hand. Sie war schwarz und in sich gedreht wie eine von Arianes Locken. Dort, wo die Wurzel abgerissen war, quoll eine blutrote Flüssigkeit hervor und auch der Bach färbte sich hellrot.

Doch zugleich breitete sich ein Duft um sie herum aus, der Ariane ganz und gar mit einem tiefen Glücksgefühl erfüllte. Der Geruch erzählte ihr, dass es nichts Böses auf der Welt gab, keinen Kummer, keine Sorgen, kein Unglück. Ariane wusste in diesem Augenblick mit zweifelsfreier Sicherheit, dass immer alles gut sein würde. Es gab nur Liebe, Zufriedenheit und Glückseligkeit.

Von den Bäumen und aus dem Unterholz kamen allerlei Tiere zu ihnen. Eichhörnchen und Schlangen, Vögel, Igel und Salamander. Frösche, Kröten und Flusskrebse krabbelten aus dem Bach und versammelten sich um sie herum.

Dazwischen sah Ariane Kreaturen, von denen sie

nicht einmal in ihren Märchenbüchern gelesen hatte: rollende grüne Bälle, die nur aus Augen bestanden, welche unentwegt blinzelten; meerschweinchenähnliche Wesen ohne Fell, die dafür über und über mit Schmetterlingsflügeln bedeckt waren, jedoch anscheinend nicht fliegen konnten; kleine Männchen und Weibchen wie aus Wurzeln geschnitzt mit grünen Grashaaren und je sechs zweigartigen Armen; herzförmige Geschöpfe mit Federn und riesengroßen Ohren, die dicht über dem Boden flatterten. Um die Biegung des Baches vor ihnen watete ein schneeweißes Einhorn mit einem Fohlen auf sie zu. Jedes Wesen war versunken in tiefste Verzückung, trunken vor Freude und berauscht von diesem Glück. Sie summten, seufzten, quiekten und brummten vor Wonne.

Irmelin und Yvelle setzten sich auf den Boden und lächelten vor sich hin. Irmelin pfiff sogar leise ein Lied. Jedes Geschöpf bewegte sich wie in Zeitlupe, als wäre die Luft zu Wasser geworden.

Ariane erinnerte sich mühsam daran, dass sie die Wurzel einwickeln sollte. Sie legte sie langsam auf das große Blatt und faltete es darüber. Kaum hatte sie den letzten Blattzipfel über die Wurzel geschlagen, war alles vorüber.

Einige Zauberwaldwesen schüttelten die Köpfe und blickten sich um, als wüssten sie nicht, wie ihnen geschah. Der ganze Wald raschelte und knackte, als sie sich zurückzogen und wieder in Deckung gingen.

Ariane verharrte in ihrer knienden Position und wartete darauf, dass die Trägheit abflaute, die von ihrem Körper Besitz ergriffen hatte.

„Was …“, stammelte sie. „Was war das?“

Irmelin seufzte, fasste mit einer Hand an den Blätterhut und stand auf. Sie legte die eingewickelte Wurzel sorgsam in ihren Korb. „Das war die Wirkung der Riesenblutbuchenwurzel. Eine der Hauptwurzeln des Lebensbaumes. Auch ich habe nur einmal eine gestohlen. Damals hätte ich es fast nicht geschafft, sie zu verpacken. Ich glaube, die Wirkung verstärkt sich, wenn man ihr da ausgesetzt ist, wo man sich ohnehin zu Hause fühlt. Darum wollte ich, dass du sie pflückst, Ariane.“

„Was ist mit uns geschehen?“, fragte Ariane, als das Einhorn und sein Fohlen um die Bachbiegung herumliefen und verschwanden.

„Die Paxwurzel ist geschehen“, sagte Irmelin. „Pax

ist eine mächtige Droge“, fuhr sie fort. „Ihr habt es ja erlebt. Vollkommenes Glück, absoluter Frieden, wunschlose Wonne. Die Erfüllung aller Verlangen, Sehnsüchte und Begehren.“

„Es war wunderschön“, sagte Ariane.

„Ich glaube, ich habe mich noch nie so gut gefühlt“, murmelte Yvelle verträumt.

Ihre Mutter nickte ernst und kletterte den Abhang hinauf. „Ja, wundervoll, köstlich und herrlich. Und – im Gegensatz zu unserem Freund, dem Pilz – absolut tödlich.“

„Tödlich?“, fragte Ariane erschrocken.

„Ein schöner Tod“, versicherte Irmelin ihr. „Aber nichtsdestotrotz der Tod. Egal, ob man sie einatmet oder ihren Saft trinkt, gegen die Paxwurzel gibt es kein Gegenmittel. Solange ein Opfer unter ihrem Einfluss steht, wird es weder essen noch trinken, laufen oder denken. Es wird in vollendetem Frieden verharren und lächelnd sterben.“

Zum ersten Mal blickte die ältere Hexe Ariane und Yvelle warm und verständnisvoll an. „Es tut mir leid, dass ich euch erschreckt habe. Aber besser, ihr wisst, womit ihr es zu tun habt. *Pax, pacis.* Das ist Latein für *Frieden.* Gemeint ist der innere Zustand der Ruhe, den die Wurzel auslöst – und der ewige

Friede, den sie ihrem Opfer bringt. Allein die Drachen sind immun gegen diese Droge."

„Latein?", fragte Ariane. Sie war zwar immer noch ein bisschen benommen, aber es kam ihr trotzdem komisch vor, dass die Zauberwaldwesen Latein konnten.

„Das ist nur der Name, den wir Hexen ihr gegeben haben", brummte Irmelin abweisend. „Die Zauberwaldwesen nennen sie schlicht Riesenblutbuchenwurzel."

„Und was wollen wir damit?", fragte Yvelle besorgt.

„Sie ist unsere Geheimwaffe", erklärte Irmelin. „Wenn die Wolkenwesen da sind, wo sie hingehören, werden wir sie damit besprühen."

Yvelle erschrak. „Aber dann ..."

„Wolkenwesen müssen weder fressen noch trinken noch schlafen noch haben sie Feinde", sagte ihre Mutter. „Und wie bei jedem Gift kommt es auch bei der Paxwurzel auf die Dosis an. Diese kleine Wurzel für alle Wolkenwesen – es wird sie nicht ewig binden. Doch es wird ihren Familienstreit schlichten. Die Grenze wird nicht mehr ganz zerbrechen können. Allerdings wird sie sich auch so schnell nicht mehr öffnen lassen. Auch nicht mit den

richtigen Antworten. Keine Angst, Ariane. Wir setzen sie erst ein, wenn du wieder in deiner Welt bist und die Zauberwaldwesen zurück in unserer sind."

„Und wann … wann geht's los?", fragte Ariane.

„Sobald alles vorbereitet ist", sagte Irmelin. „Bei Sonnenaufgang."

Die Zukunft des Zauberwaldes

Das ist eine Untergrabung meiner Autorität!“, brüllte Bertram aufgebracht und wischte sich das Wasser vom pelzigen Gesicht.

Die Nixen kicherten und auch die Elfen sahen kein bisschen empört aus.

Bertram stapfte wütend auf und wirbelte herum. „Zurück in den Palast, ihr alle! Sofort!“

Er hatte es so satt! Kaum war der Drache mit dem Elfenkönig und dem Menschenjungen am Horizont verschwunden, schon dachten die Fantastischen, sie könnten tun und lassen, was sie wollten. Aber nicht mit ihm! Oh nein! Nicht mit Bertram, dem Dachs, Gründer und oberstem Vorsitzenden der Z.V.I.T.H., offiziellem Stellvertreter des Elfenkönigs im Zauberwald und Preisträger der Schönster-Pelz-Medaille. Die würden sich alle noch wundern.

Diese blöden Nixen! Bertram hatte versucht, in seinem Turmzimmer zu arbeiten. Doch bei dem Lärm, den die Fischweiber im See veranstalteten, war daran überhaupt nicht zu denken. Darum hatte er beschlossen, ein paar

Regeln aufzustellen. Simple Regeln, nichts weiter. Jede Gemeinschaft brauchte schließlich Regeln.

Kichern nur hinter vorgehaltener Hand.

Kein Spritzen mit der Schwanzflosse.

Lautes Rufen nur unter Wasser.

Versammlungen von mehr als drei Nixen am Ufer untersagt.

Nach Sonnenuntergang kein Aufenthalt an der Wasseroberfläche.

Das waren doch alles wirklich faire und verständliche Regeln. Und er hatte noch nicht einmal Ausrufungszeichen dahintergemalt. Ganz vernünftig hatte er mit den Nixen reden wollen. Und was hatten die getan? Ihn nass gespritzt und noch lauter gekichert als zuvor. Das durfte Bertram sich nicht gefallen lassen. Wo kam man denn da hin, wenn einen nicht einmal die Wasserwesen ernst nahmen?

Und die Elfen! Eigentlich hätten ihn diese Kerle doch unterstützen und seinen Forderungen Nachdruck verleihen sollen. Stattdessen nahmen sie ihn überhaupt nicht ernst. Fiese freche Früchtchen. Aber denen würde er auch noch eine Lektion erteilen!

Bertram stapfte durch das Palasttor und ärgerte sich, dass die Elfenwachen wieder nicht vor ihm salutierten, wie er sie angewiesen hatte.

„Ich weiß ja nicht, wie du deinen Laden hier führst, Leandro. Aber ich werde andere Saiten aufziehen!“, brummte er vor sich hin und kämpfte sich mühsam die Treppe zum Turm hoch.

Oben angekommen blickte er aus dem Fenster und sah zufrieden, dass eines der Boote vom anderen Ufer ablegte. Vielleicht hatte er Glück und seine Verstärkung traf endlich ein.

Auf dem Schreibtisch des Elfenkönigs lagen fein säuberlich gestapelt mehrere hellbraune Blätter. Die Arbeit der vergangenen Nacht. Bertram setzte sich und überflog das oberste Blatt noch einmal. Natürlich war ihm bewusst, dass nicht alle Zauberwaldwesen lesen konnten. Doch seine Gesandten würden notfalls alles vorlesen und auch erklären. Vielleicht würden sich einige Zauberwaldbewohner anfangs gegen die neuen Vorschriften sträuben, aber mit der Zeit würden sie ihm dankbar sein. Viel zu lange schon hatte man alles schleifen lassen. Man durfte dem Elfenkönig keinen Vorwurf machen. Immerhin hatte er viel um die Ohren gehabt. Aber Leandro hatte den richtigen Dachs zu seinem Stellvertreter auserkoren. Bertram würde es schon richten. Wenn der Elfenkönig dann von seiner Mission zurückkam, hatte gewiss bereits alles seine

Ordnung. Leandro würde seinen alten Freund mit allen Ehren und Auszeichnungen des Zauberwaldes überhäufen, dabei würde Bertram ein einfacher Dank vollkommen ausreichen. Vielleicht noch eine kleine Ehrentafel quer über den Palasttoren. Schließlich tat er nichts davon für sich, sondern nur für die Zauberwald-Gemeinschaft.

„Bertram?“, rief einer der Elfen vor der Tür. Es war der, dessen Name sich Bertram nicht merken konnte. Enzian? Offenbar hatte sich der Elf auch nicht gemerkt, wie er Bertram anzusprechen hatte.

„Du meinst bestimmt *Exzellenz*“, knurrte Bertram.

„Ich meine, du hast Besuch“, sagte der Elf.

„Wer ist es?“

„Keine Ahnung. Andere Pelztiere.“

Bertram schlug mit der Faust auf den Tisch. Eine Unerschämtheit! Eine Unverschämtheit nach der anderen. Wenn Leandro das hören könnte! Der König würde diese Elfen … nun, er würde sie einfach mit einem strengen Blick ansehen und sie würden sofort die Köpfe senken. Wie machte er das bloß? Zauberkräfte, das war es. Die hatten alle Angst vor ihm, weil er der mächtigste Zauberer im Zauberwald war. Nie hatte Bertram sich etwas sehnlicher gewünscht, als über Zauberkräfte zu verfügen. Doch er musste sich mit den natürlichen Talenten bescheiden, die ihm gegeben waren. Seiner Klugheit, seinem Scharfblick und seiner angeborenen Würde.

„Schickt sie herein!“, rief er.

Die Tür ging auf und ein Marder, ein Fuchs und ein Maulwurf betraten neugierig und etwas atemlos das Turmzimmer.

„Hallo, hallo!“ Bertram sprang begeistert auf und kam auf seine Freunde zu. Fröhlich schüttelte er jedem die Hand und achtete nicht weiter auf ihre ratlosen Gesichter. „Du, Elf, bring uns was zu trinken, bitte.“

„Was?“, fragte der Elf fassungslos.

„Erst mal Wasser“, erwiderte Bertram ungerührt und machte dem Elfen die Tür vor der Nase zu. „Wie schön, dass ihr gekommen seid, meine Freunde. Wie schön. Setzt euch doch, bitte. Hier, setzt euch. Keine falsche Scheu. Ich bin immer noch der Alte, ganz der Alte, trotz neuer Würden.“

„Was denn für Würden?“, schnarrte der Fuchs und sprang auf ein Graskissen.

Bertram kicherte. „Kommst gleich zur Sache, was, Zacharias? Gut so, ausgezeichnet. Also ich … aber bitte, setzt euch doch, Samuel und Otto. Macht es euch bequem. Ihr müsst ja völlig erschöpft sein von der langen Reise zum Palast."

Er wartete, bis der Maulwurf und der Marder es sich ebenfalls auf Kissen gemütlich gemacht hatten. Dann fuhr er fort.

„Ihr könnt es noch nicht wissen, aber es wird sich bald im ganzen Zauberwald herumgesprochen haben."

Die drei sahen ihn erwartungsvoll an.

„Nun, mein Freund Leandro, der Elfenkönig …" Er machte eine Pause und sah sich nach seinem Spazierstock um. In einer Ecke entdeckte er ihn und nahm ihn in die Hand. Er konnte einfach besser reden mit dem Stock in der Hand. „Leandro ist in die Menschenwelt aufgebrochen. Er sucht dort nach den flüchtigen Zauberwaldwesen und wird sie zurückholen. In der Zwischenzeit reparieren die Hexen die Weltengrenze."

„Ach du lieber Regenwurm", quiekte Samuel. „Darum also brennen die Elfenfeuer! Und ich hab mich schon gewundert, aber uns Maulwürfen erzählt ja keiner was. Dabei bin ich der Bürgermeister! Unglaublich. Was für Neuigkeiten!"

„Jaja", winkte Bertram ab. „Doch das

Wichtigste kommt noch: Während seiner Abwesenheit hat Leandro mich zum Herrscher über den Zauberwald gemacht.“

Der Marder fing an zu lachen, hörte aber sofort auf, als Bertram ihn böse ansah. „Du meinst das ernst?“, fragte er.

„Natürlich meine ich das ernst“, sagte Bertram. „Wen hätte er denn sonst fragen sollen?“

„Nun, einen der Elfen“, überlegte Samuel laut. „Oder den Präsidenten der Wassermänner und Nixen. Wenn man ihre Rolle bei der Sache bedenkt, hätte er durchaus auch die Vorsitzende des Hexenrates fragen können, wenn auch –“

„Das hat er aber nicht“, keifte Bertram. „Mich hat er gefragt, mich, Bertram den Dachs.“

„Prima“, hauchte Samuel.

Die drei Waldtiere blickten einander verstohlen an.

„Ihr fragt euch bestimmt, wie ich diese große Aufgabe anpacken werde“, sagte der Dachs. „Und um ganz offen zu sprechen: Ich bin gleich zu Beginn auf Schwierigkeiten gestoßen, mit denen ich nicht gerechnet hatte. Man … nun, meine Autorität wird hier nicht ganz wahrgenommen.“

Zacharias betrachtete seine Rute. „Ach?“

„Ja, schwer vorstellbar, ich weiß“, versetzte der Dachs. „Doch nun seid ihr hier und alles wird gut. Denn seht ihr, ein Dachs in meiner Position, der braucht Mitarbeiter, Gefährten, auf die er sich verlassen kann.“ Er setzte ein bedeutungsschweres Gesicht auf. „Was sagt ihr dazu? Seid ihr bereit, die Macht – und die Last – mit mir zu teilen, meine Freunde? Als meine … Minister.“

„Äh“, machte Samuel.

„Tja“, meinte Otto.

„Hm“, ließ sich Zacharias vernehmen.

Das war nicht die Reaktion, mit der Bertram gerechnet hatte. Er hatte gedacht, die drei würden ganz außer Rand und Band geraten, auf und ab hüpfen und ihm die Pfoten küssen.

„Was … äh … was iss'n ein Minister?“, fragte Otto schließlich verlegen.

„Ach sooo!“, rief Bertram erleichtert. Das erklärte die Sache natürlich. „Also, Minister, das sind wahnsinnig wichtige Wesen. Das sind die, die den anderen sagen, was sie tun sollen. Nachdem ihr Vorgesetzter ihnen gesagt hat, was sie tun sollen. Sie sorgen also praktisch für Recht und Ordnung im Zauberwald.“

„Recht und Ordnung“, wiederholte Otto. „Klingt gefährlich. Gefällt mir nicht. Wozu denn das?“

„Damit wir nicht wieder im gleichen Schlamassel landen wie jetzt!“, rief Bertram. „Seht euch doch an, wie die Dinge liegen. Vor Kurzem wäre es fast zu einem Krieg zwischen den Waldtieren und den Fantastischen gekommen.“

„Aber den hast du doch –“, setzte Samuel an.

„Papperlapapp!“, rief Bertram ungeduldig. „Geschluckt und ausgespuckt. Jetzt geht es um die Zukunft des Zauberwaldes.“ Er ging zurück zum Schreibtisch und setzte sich. Das Ganze war anstrengender, als er angenommen hatte. „Nicht nur das Verhältnis zwischen unseren Leuten und den Fantastischen ist problematisch. Ich muss es euch sagen: Der Elfenkönig hat auch die Fantastischen nicht im Griff, Ehrenwort, kein bisschen. Die tanzen ihm auf der Nase herum. Jeder macht, was er will. Und dann diese Hexen! Die murksen an der Weltengrenze herum, und keiner weiß, was sie da eigentlich genau machen. So geht das nicht.“

Samuel kratzte sich am Kopf. „Ich weiß nicht recht.“

„Eben!“, krähte Bertram. „Das ist es ja. Keiner weiß so recht. Es. Gibt. Keine. Regeln. Überhaupt keine. Am schwersten wiegt selbstverständlich die Sache mit den Menschenkindern.“

„Warum?“, fragte Zacharias. „Die sehen doch ziemlich leicht aus.“

„Die gehen hier aus und ein, als wäre der Zauberwald ihr persönlicher Spielplatz. Tauchen auf wie und wann sie wollen –“

„Aber das Mädchen ist doch entführt und gewaltsam in den Zauberwald gebracht worden“, meinte Otto. „Und der Junge ist nur hergekommen, um sie zu befreien. Seitdem waren sie nicht mehr hier, bis wir sie nun gerufen haben.“

„Das Entscheidende ist: Sie hätten wiederkehren können und niemand hätte sie aufgehalten. Sie kennen den Namen dieses dusseligen Drachen. Und jeder weiß, dass ein Drache gehorchen muss, wenn man ihn beim Namen nennt. Was, wenn das Menschenmädchen ihm befiehlt, alle Füchse zu fressen? Hä?“

„Nun“, sagte Zacharias. „Das wäre vermutlich unangenehm. Aber warum sollte das Mädchen das tun?“

„Der Punkt ist doch“, erklärte Bertram ungeduldig. „Es könnte, wenn es wollte.“

„Mich wollte der Drache schon mal fressen“, erinnerte sich Samuel. „Nachher hat’s ihm leidgetan, aber erst, nachdem er mich mit Feuer angespuckt hat."

„Seht ihr?", rief Bertram und sprang wieder auf. Er schritt im Turmzimmer auf und ab und klopfte dabei immer wieder mit seinem Stock auf den Boden.

„So was darf gar nicht erst passieren. Ein Drache darf nicht einfach so Feuer spucken, wann immer er Lust hat. Wo kommen wir denn da hin?"

Der Fuchs, der Maulwurf und der Marder schwiegen eine Weile. Dann räusperte sich Zacharias.

„Und was schlägst du also vor, Bertram?", wollte er wissen.

„Gut, dass du fragst." Der Dachs trottete zum Schreibtisch und hob den Blätterstapel auf. „Ich habe mir so meine Gedanken gemacht und ein paar Regeln für die Zauberwaldwesen aufgestellt. Es sind dieselben Regeln für Waldtiere und Fantastische. Nichts Einschneidendes, ganz leicht zu kapieren und zu befolgen." Er teilte den Stapel auf und reichte jedem seiner Freunde ein paar Blätter. „Lasst euch ruhig Zeit", sagte er.

„Also, ich seh gar nichts", beklagte sich Samuel. „Du weißt doch, dass ich fast blind bin. Was steht da?"

„Geschwindigkeitsbegrenzungen?“, las Zacharias ungläubig. „Du willst vorschreiben, wie schnell man laufen darf?“

„Ich finde, das ist durchaus angebracht“, erwiderte Bertram. „Stell dir vor, du wärst eine Schnecke. Mühsam quälst du dich einen Pfad entlang. Da kommt ein Farnfaun und zertrampelt dich und merkt es noch nicht mal, weil er so schnell ist. Doch wie du feststellen wirst, gelten unterschiedliche Geschwindigkeiten für jeden Teil des Zauberwaldes. Unter Wasser ist jedes Tempo erlaubt. Auch der Luftraum unterliegt keinerlei Beschränkungen. Nur bei der Landung sind Sicherheitsregeln zu beachten. Auf Wiesen und felsigem Grund darf auch mal gerast werden. Es geht in erster Linie um die ausgetrampelten Pfade im Wald. Da müssen wir an die langsamen, die älteren und schwächeren Waldbewohner denken.“

„Das wird den Jungen, Schnellen und Starken gar nicht gefallen“, vermutete Otto. „Hier bei mir steht, dass du sämtliche Nubbel einsammeln und im Elfenpalast halten willst.“

„Zu ihrer eigenen Sicherheit“, sagte Bertram. „Es gibt nur wenige ihrer Art und sie müssen geschützt werden. Außerdem ist es bedenklich, wenn jeder

Waldbewohner mir nichts, dir nichts Gedankenbotschaften verschicken kann. So fangen Verschwörungen an, meine Freunde. Genau so."

Samuel wackelte mit dem Kopf. „Was denn für Verschwörungen?"

„Wir wissen es nicht", bestätigte Bertram besorgt. „Wir wissen es nicht, mein lieber Samuel."

Otto hob ein Blatt hoch. „Hier steht was von einer Meldepflicht?"

„Ach ja, das ist wichtig, ganz wichtig", erklärte Bertram geschäftig. „Ein aktueller Fall hat mich darauf gebracht. Leandro musste vor seiner Abreise dringend die Wölfin Elvira ausfindig machen. Wie sich nun herausstellte, war sie nicht in ihrer Höhle. Wie also sie finden? Der Elfenkönig verlor wertvolle Zeit mit der Suche nach ihr. Ich kann euch nicht einmal sagen, ob er sie gefunden hat."

„Soll das heißen, dass jedes Zauberwaldwesen angeben muss, wo es zu jedem Zeitpunkt anzutreffen ist?", fragte Otto.

Bertram lachte. „Natürlich nicht", sagte er. „Nur, wo es normalerweise schläft."

„Es gibt eine Menge Waldbewohner, die keinen festen Schlafplatz haben", sagte Otto. „Schmetterlinge. Käfer. Schnecken."

„Für die gibt es Ausnahmeregelungen. Stehen auf der Rückseite."

„Und die sollen alle zum Palast kommen und bekannt geben, wo sie leben?"

„Natürlich nicht. Es wird selbstverständlich Außenstellen geben." Bertram strahlte. „Sehr gut. Ich sehe, ihr denkt mit."

„Und die … Außenstellen", sagte Otto. „Wie halten die Verbindung mit dem Palast?"

„Durch die Nubbel."

Otto grinste ihn mit seinen gelben Zähnen an. „Dann nimmst du die Nubbel denen weg, bei denen sie jetzt leben, und gibst sie den Leuten, die für dich arbeiten?"

„Dir zum Beispiel." Bertram nickte.

„Klingt vernünftig", sagte Otto.

Bertram runzelte die Stirn und drehte sich zur Tür um. „Wo bleibt denn dieser verdammte Erkan mit dem Wasser? Mein Hals ist ganz trocken. Und die Nixen planschen da unten munter weiter. Zustände sind das!"

„Verstehe ich das hier richtig?", fragte Zacharias vorsichtig und betrachtete ein Blatt. „Jedes Zauberwaldwesen muss dem Palast Geschenke machen?"

„Keine Geschenke." Bertram hüstelte in seine

Hand. „Abgaben. Ich weiß, was ihr jetzt denkt, aber es ist nicht viel. Kürzlich war ich auf einer Lichtung, auf der ein Hase und ein Kobold als Geschichtenerzähler auftreten. Wie ich später von den Farnfaunen erfuhr, verlangen die beiden von jedem, der zuhören will, eine kleine Spende. Meistens was zu essen. Wenn die Zauberwaldwesen bereit sind, für Geschichten zu bezahlen, dann sind sie auch bereit, für die Leistungen des Palastes aufzukommen. Immerhin werden wir Mitarbeiter brauchen, um all das umsetzen zu können. Und die müssen fressen. Keine Sorge, niemandem wird etwas weggenommen, was er nicht entbehren kann. Es geht um Kleinigkeiten. Ein paar Nüsschen von den Eichhörnchen, Transport wichtiger Palastmitarbeiter durch die Farnfaune, Drachen oder Greife. Heiltränke von den Hexen. Solche Sachen."

„Und was würde, sagen wir, ein Fuchs an Abgaben zu leisten haben?", fragte Zacharias.

„Wenn besagter Fuchs für den Palast arbeitet, ist er davon selbstredend befreit."

Otto kletterte von seinem Kissen und trat ans Fenster. Er blickte eine Weile hinaus und wandte sich dann wieder dem Dachs zu. „Wie ich das sehe, wird nichts davon den Zauberwaldbewohnern schmecken“, sagte er.

„Einige werden vielleicht anfangs Bedenken haben, aber wenn sie erst die positiven Auswirkungen zu spüren bekommen, dann lenken sie gewiss schnell ein“, meinte Bertram. „Immerhin sorgen wir für die Armen und Schwachen und Kranken. Sie haben Anspruch auf Fressen, wenn sie selbst keines sammeln oder jagen können. Und auf eine Höhle oder was auch immer sie benötigen. Steht ausführlich auf den Blättern. Wenn jemandem Unrecht widerfährt, kommt er zu uns und wir helfen ihm.“

„Jaja, alles schön und gut“, sagte der Marder. „Aber jedes dieser Blätter nimmt den Waldbewohnern etwas, was ihnen wichtig ist.“

„Und das wäre?“

„Ihre Freiheit.“

„Quasseldrassel. Wird doch keiner eingesperrt!“, rief der Dachs.

„Aber eingeschränkt“, sagte Otto. „Ich denke, sobald der Inhalt dieser Blätter bekannt wird, raschelt es ganz gehörig im Zauberwald.“

„Das glaube ich auch“, sagte Zacharias. „Was, wenn die Waldbewohner sich schlichtweg weigern, deine Regeln zu befolgen?“

Bertram nickte. „Ein guter Punkt. Ich nehme an, dann wird man sie dazu zwingen müssen."

„Wer?", fragte Samuel. „Wer soll einen Drachen zu etwas zwingen?"

„Ein Elf."

„Und wer zwingt die Elfen, deine Regeln zu befolgen?", wollte Otto wissen.

„Tja, das ist einfach." Bertram strahlte. „Das hat Leandro bereits getan. Er hat ihnen gesagt, sie sollen mir gehorchen."

„Sie geben dir ja nicht mal Wasser!", rief Otto.

„Sie werden keine andere Wahl haben", erklärte Bertram selbstzufrieden. „Leandro, mein Freund, der Elfenkönig, hat mir seinen Schreibtisch überlassen. Und in der obersten Schublade dieses Schreibtisches habe ich Folgendes gefunden ..." Er zog eine Schublade auf und holte einen glänzenden Stein hervor. Langsam trottete er zu den anderen zurück und hielt ihn in die Luft. „Wenn das hier erst auf jedem einzelnen Blatt prangt, können auch die Elfen nicht mehr anders als zu folgen."

Otto und Zacharias schnappten nach Luft.

„Was ist es? Was ist es? Ihr wisst, ich kann es nicht sehen!", rief Samuel. „Ein Stein?"

„Es ist – das goldene Siegel des Elfenherrschers", sagte Zacharias ehrfürchtig. „Die drei Rauten."

„Das Symbol für die Ewigkeit", flüsterte Samuel.

„Das Symbol der Macht", sagte Bertram.

Zacharias schüttelte den Kopf. „Trotzdem", sagte er. „Die Farnfaune werden dich zertrampeln, die Nixen werden dich ersäufen, die Wölfe dich zerkauen und die Drachen werden dich fressen. Wenn du Glück hast, erwischen dich die Drachen zuerst. Die schlucken dich auf einen Happen runter, ohne zu kauen. Tut am wenigsten weh."

„Ja, zerkaut werden muss furchtbar sein", sagte Samuel und seine Barthaare zitterten.

„Wenn es so weit ist, will ich nicht in deiner Nähe sein, nichts für ungut, Kumpel", meinte Otto. „Ich mache mich wieder auf den Weg. Vielleicht kriegen wir noch ein bisschen Verpflegung mit?"

Die anderen beiden standen ebenfalls auf. Doch so schnell gab Bertram sich nicht geschlagen. „Habe ich erwähnt", sagte er raffiniert, „dass alle, die für den Palast arbeiten, für ihre Dienste entlohnt werden?"

Die drei setzten sich wortlos wieder hin.

„Eines muss man dir lassen", sagte Otto anerkennend. „An Ideen fehlt es dir nicht, Bertram."

„Äh … ja“, sagte der Dachs. „Nur eins noch. Wenn wir hier so unter uns sind, ist *Bertram* schon okay. Aber in der Öffentlichkeit, wenn andere uns hören können, würde ich euch bitten, mich mit meinem Titel anzureden, liebe Minister.“

„Deinem Titel?“, fragte Samuel verwirrt.

Bertram nickte gnädig. „*Exzellenz* wird genügen.“

Falsche Fährte

„Also, ein Kräutertee und eine Cola. Wollt ihr auch eine Schüssel Wasser für euren Hund?“, fragte die Kellnerin freundlich.

Der vermeintliche Hund war eine große graue Wölfin, die zu Eriks Füßen saß und sich in dem Café umsah. Als die Kellnerin sprach, knurrte sie drohend.

„Das wäre sehr freundlich“, sagte Leandro und warf Elvira einen durchdringenden Blick zu.

„Gern.“ Der Kellnerin fielen die Zeitungen auf, die vor Erik ausgebreitet lagen. „Ach, die Affen!“, sagte sie. „Man hat sie noch immer nicht erwischt, oder?“ Erik schüttelte den Kopf. „Meine Nichte hat sie auch schon gesehen. Zwei von denen tragen Windeln. Und der dritte hat wohl bei Karstadt eine Badehose geklaut. Eigentlich wäre das ja ganz witzig. Aber wer weiß, was für Krankheiten diese Tiere verbreiten? Vielleicht sind sie sogar genmanipuliert. Im *Tagesblick* steht, dass es gar keine normalen Affen sind, zumindest kennt man diese Gattung nicht.“

Erik nickte und die Kellnerin ließ sie allein. Elvira senkte den Kopf und maulte leise: „Wenn noch mal jemand Hund zu mir sagt, beiß ich ihm die Zehen ab."

Leandro seufzte. „Ich habe dir erklärt, dass das eine Tarnung ist. So wie die Menschen mich für einen Jungen halten sollen, müssen sie denken, du wärst ein Hund. Beschwere ich mich etwa über mein albernes Gewand?"

„Hey!", rief Erik und schaute von seinem Stadtplan auf. „Das sind meine Klamotten."

Die Kellnerin kam zurück und brachte ihnen ihre Getränke. Vor Elvira stellte sie eine große Schüssel und streichelte ihr sogar über den Kopf. Das fand Erik ziemlich mutig.

„Bist du sicher, dass dieses Getränk beruhigend wirkt?", erkundigte sich der Elfenkönig und betrachtete unschlüssig seinen Kräutertee.

Erik hatte erwartet, dass die Menschenwelt für Leandro ebenso aufregend sein würde wie es die Zauberwelt für ihn war. Aber er hatte unterschätzt, wie erschreckend manches für den Elfen sein musste. Erik hatte sogar einen Nubbel bekommen, damit er Leandro auch dann erreichen konnte, wenn sie sich verlieren sollten. Der König schaffte es zwar unter großer Anstrengung, Menschen Gedanken einzugeben. Doch er konnte ihre eigenen nicht lesen. Als sie in einer U-Bahn-Station kurz getrennt wurden, hatte er Panik bekommen. Und dann hatten sich die Wölfin und der Elfenkönig schlichtweg geweigert, in die Bahn zu steigen.

„Ich lasse mich doch nicht freiwillig von dieser Riesenschlange auffressen", hatte Elvira verkündet.

Doch wenn sie zu Fuß gegangen wären, hätten sie ewig gebraucht.

„Euch wird nichts passieren", hatte Erik ihnen versprochen. „Vertraut mir. Sie spuckt euch unversehrt wieder aus!"

Und so waren die beiden Zauberwaldwesen schließlich zögernd in die Riesenschlange gestiegen. Danach hatten sie allerdings auf die Straßenbahn verzichtet und waren den Rest des Weges gelaufen.

Ihr Plan bestand darin, alle Zeitungsmeldungen über die drei Kobolde zu sammeln und auf dem Stadtplan zu markieren, wo sie wann gesehen worden waren. Bisher hatten sich Kalau, Kiwwel und Kürkin kreuz und quer durch das Viertel rund um das Museum bewegt. Sie hatten Lebensmittel geklaut, waren vor Hunden geflüchtet, auf Dächern spazieren gegangen und hatten mehrfach beinahe Autounfälle verursacht, weil sie einfach über die

Straße gehüpft waren. Mittlerweile war die ganze Stadt hinter ihnen her. Trotzdem schafften es die drei immer wieder zu entkommen. Erik vermutete, dass sie in Parks oder Grünanlagen übernachteten.

Elvira hatte überall da, wo die Affen gesehen worden waren, einen schwachen Koboldgeruch wahrgenommen. Wenn Leandro versuchte, die drei in Gedanken zu erreichen, schlug ihm nur eine Welle chaotischer Emotionen entgegen. Die Kobolde waren abwechselnd begeistert und dann wieder panisch.

„Ich empfange immer wieder das Wort *Stotterstinker*", hatte der Elfenkönig ihnen erklärt. „Verbunden mit Gefahr. Und *Zauberzieler*. Der bedeutet für sie Macht."

Umgekehrt schienen die Kobolde die Gedanken des Elfenkönigs kaum zu beachten. Sie wischten sie einfach beiseite. Das hatte Leandro schon befürchtet.

Offenbar war es dieser Zauberzieler, auf den sie es abgesehen hatten. Aber Erik hatte keine Ahnung, was sie sich darunter vorstellten. War es eine Waffe? Und warum waren sie der Ansicht, sie würden diesen Zauberzieler in der Menschenwelt finden?

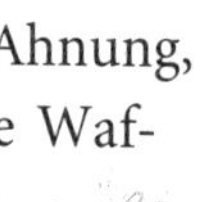

„Was ich nicht verstehe ...“, sagte Erik, verstummte jedoch, als er bemerkte, dass Leandro ihm gar nicht zuhörte. Der Elfenkönig betastete fasziniert die Fensterscheibe, neben der sie saßen.

„Herrlich“, murmelte er. „Harte Luft.“ Ihm fiel auf, dass Erik ihn mit gerunzelter Stirn ansah. Schnell legte er die Hand auf den Tisch. „Tut mir leid“, sagte er. „Mein altes Problem. Konzentration. Bitte fahr fort.“

„Ich verstehe nicht, warum die drei ständig in Kaufhäuser laufen. Sie müssen doch wissen, dass es gefährlich ist. Dort sind viele Menschen, die hinter den Kobolden her sind. Warum riskieren sie das?“

„Vermutlich glauben sie, dass sie dort diesen Zauberzieler finden werden“, sagte Leandro. Er hatte erneut diesen geistesabwesenden Gesichtsausdruck, den er jedes Mal bekam, wenn er seine Gedanken aussandte. „Ach, ich werde nicht schlau aus ihnen. Jeder Blick in ihre Köpfe verwirrt mich noch mehr.“

„Der Zauberzieler muss etwas sein, von dem sie annehmen, dass ich es besitze“, überlegte Erik. „Sonst hätten sie mich im Museum nicht danach gefragt. Wenn sie in Kaufhäusern danach suchen, muss es aber mehrere davon geben.“ Er beugte sich über den

Stadtplan und legte den Finger auf eines der Kreuze, die er darauf gemalt hatte. „Da sind sie gestern Nachmittag gesehen worden. Wir sind jetzt hier. Und dort sind sie gestern Morgen aufgetaucht. Wenn wir davon ausgehen, dass sie in diesem Park geschlafen haben … dann ist das nächste Kaufhaus in dieser Einkaufspassage zwei Querstraßen weiter."

Leandro betrachtete ebenfalls die Straßenkarte. „Richtig. Aber das Dumme ist, dass die Kobolde keinem Plan folgen. Sie hüpfen völlig ziellos herum. Erst entfernen sie sich vom Museum, dann laufen sie wieder in diese Richtung."

„Dann müssen wir es eben genauso machen", flüsterte Elvira. „Ziellos herumlaufen, bis ich ihren Geruch wahrnehme oder Ihr, Majestät, die Nähe der Kobolde spürt."

„Was ich in erster Linie spüre, ist Unsicherheit", gab der Elfenkönig zu, während Erik der Kellnerin winkte. „Diese Welt ist so … schnell und laut. Alles hier ist mir fremd. Ich weiß nicht, was ich ohne dich tun würde, Erik."

Erik war heilfroh, dass die Kellnerin an den Tisch kam und ihm die Rechnung vorlegte. So blieb es ihm erspart, darauf antworten zu müssen. Erst vor dem

Café sagte er zögernd: „Ich finde es sehr mutig von dir, dass du überhaupt hierhergekommen bist. Du bist sogar in die U-Bahn gestiegen!“

Der Elfenkönig sah ihn überrascht an. „Ich fürchte, meine Hände zittern immer noch deshalb. Lass uns die drei Kobolde finden, damit ich schnell wieder nach Hause kann.“ Dabei betrachtete er die vorbeifahrenden Autos und schüttelte leicht den Kopf. „Wie findest du dich hier nur zurecht?“

Elvira schnüffelte inzwischen auf dem Gehweg und lief dann ohne große Überzeugung in Richtung des Einkaufszentrums.

„Ich verstehe nicht, wie du mit Greifen sprechen, Drachen befehlen, Gedanken lesen und den Zauberwald regieren kannst“, sagte Erik, woraufhin Leandro belustigt schnaubte.

„Drachen befehlen kann deine Schwester ebenfalls.“

Ein stolzes Grinsen breitete sich auf Eriks Gesicht aus. Der Elfenkönig hatte recht. Ariane war so ziemlich die tollste kleine Schwester, die man sich wünschen konnte.

„Hoffentlich kann Ariane den Hexen helfen, die Grenze zu reparieren“, sagte er.

Ein Kind mit einem Luftballon ging

an ihnen vorbei und Leandro blickte ihm neugierig hinterher. Das Kind stolperte, ließ den Ballon los und er schwebte davon. Leandro und Erik legten die Köpfe in den Nacken und blickten ihm nach.

Der Himmel war so bewölkt, dass sich kein blaues Fleckchen zeigte. Die Wolkenwesen über ihnen formten erstaunliche Gebilde. Erik fragte sich, warum nicht alle Passanten ununterbrochen nach oben starrten. Sie schienen die Wunderwesen über ihren Köpfen gar nicht wahrzunehmen.

„Nicht jedes hat eine erkennbare Gestalt“, sagte Erik. Darüber hatte er schon öfter nachgedacht. „Manche sehen aus wie ganz normale Wolken.“

„Das sind sie auch.“ Leandro wich einem Jungen mit einem Tretroller aus, der zwischen ihnen durchfuhr. „Normale Wolken, die den Gesetzen deiner Welt gehorchen. Ich habe keine Ahnung, wann und warum sie sich bilden. Es ist ein Wunder. Die Wolkenwesen mischen sich unter sie. Meine Mutter konnte sich noch an eine Zeit erinnern, in der die Wolkenwesen nicht über den Zauberwald hinaus gewandert sind.“

Sie waren jetzt vor dem Einkaufszentrum und Elvira schnüffelte auf dem Boden vor dem Haupteingang.

„Und warum haben sie es schließlich doch getan?“

„Neugier, nehme ich an“, sagte Leandro sofort. „Als ich jung war, ging es mir genauso. Ich habe oft von der Menschenwelt geträumt. Allerdings habe ich sie mir nicht so vorgestellt … so unruhig, so voller Gefahren …“ Er blieb stehen und drehte sich einmal langsam um die eigene Achse. Dabei betrachtete er die Hochhäuser, die links und rechts der Straße aufragten, die Neonreklamen, die Autos und Fahrräder, schwitzende Fußgänger mit Einkaufstüten, Plakatwände und Schaufenster. Und plötzlich hielt er inne.

Gleichzeitig riss Elvira den Kopf hoch und spitzte die Ohren. Der Gesichtsausdruck des Elfenkönigs verriet ebenfalls höchste Konzentration.

„Kobolde“, knurrte Elvira. „Ich rieche sie ganz deutlich.“ Und Leandro nickte.

Erik blickte sich suchend um, konnte aber keinen Kobold entdecken. Leandro und Elvira bewegten sich langsam in die gleiche Richtung. Ihre Schritte führten sie am Einkaufszentrum vorbei. Erik ging hinter ihnen her.

„Ich verstehe das nicht“, sagte Leandro. „Es fühlt sich an, als …“

„Die Frau mit dem rollenden Ding“, ergänzte Elvira. „Sie riecht nach Kobold.“

Leandro nickte. „Diesmal sind ihre Gedanken klarer. Aber … etwas stimmt nicht.“

„Vielleicht, weil die Frau nicht aussieht wie ein Kobold?“, meinte Erik.

Elvira und der Elfenkönig hatten ganz klar eine junge Frau mit einem Kinderwagen im Visier, die an einer Fußgängerampel darauf wartete, die Straße zu überqueren. Als es grün wurde, schob sie den Wagen los. Die Wölfin lief so dicht hinter ihr her, dass die Frau mitten auf der Straße stehen blieb und sich umdrehte. Beim Anblick des riesigen Hundes quiekte sie erschrocken.

„Elvira!“, rief Erik. „Komm zurück!“

„Ist das euer Hund?“ Die Frau funkelte Erik und Leandro böse an. Einige Leute drehten sich zu ihnen um. Ein Herr im Anzug schüttelte den Kopf. Widerwillig wich Elvira ein paar Schritte zurück, ließ dabei aber den Kinderwagen nicht aus den Augen.

„Äh … ja“, stotterte Erik. „Es tut mir leid, sie hat nur … Kinder sehr gern.“ Er trat neben die Frau, um in den Kinderwagen blicken zu können. Er war abgedeckt und ließ unter dem Sonnenschutz bloß den Kopf eines schlafenden Babys erahnen.

„Der hat ja nicht mal ein Halsband“, zeterte die Frau. „Weißt du denn nicht, dass man Hunde in der Stadt an die Leine nehmen muss?“

Leandro trat nun ebenfalls neben sie. Verwundert begegnete die Frau dem Blick aus den violetten Augen des Elfen. Ihr Gesicht entspannte sich und wurde ausdruckslos.

Sofort nutzte Erik die Gelegenheit, um die Abdeckung des Kinderwagens zur Seite zu schieben. Unter der Decke kamen Stofftiere zum Vorschein. Ein Teddybär, eine Plüschmaus, ein Fellhase und – als Erik weiter stöberte, sprang der Hase mit einem Satz an seine Brust, während ein zweites Stofftier ebenfalls lebendig wurde und auf Leandros Schulter hüpfte. Von dort ließ sich der Kobold zu Boden gleiten.

Erik schrie erschrocken auf, die Konzentration des Elfenkönigs zerbrach und die Frau und das Baby fingen an zu schreien. Gleichzeitig schaltete die Ampel auf Rot. Ein Auto fuhr hupend um sie herum, doch ein anderes bog gerade um die Ecke. Der Fahrer konnte sie nicht sehen.

„Vorsicht!“, brüllte Erik und riss die Frau zurück.

In derselben Sekunde versetzte Leandro dem Kinderwagen einen Stoß, der ihn zur anderen Straßenseite rollen ließ. Elvira, der Hase und der Kobold

sprangen hinterher. Nur der Elfenkönig stand wie gelähmt auf dcr Kreuzung. Die Bremsen des Wagens quietschten schrill. Ein dumpfer Aufprall ertönte und Leandro wurde mehrere Meter durch die Luft geschleudert. Sein Körper landete auf einer Verkehrsinsel zwischen den Fahrbahnen.

Fassungslos starrte Erik auf die Stelle, an der der Elfenkönig eben noch gestanden hatte. Um ihn herum schrien Menschen. Einige liefen zu dem Jungen, der auf der Verkehrsinsel lag. Der Fahrer des Autos stieg aus und eilte zu ihm.

„Ist das …“, piepste eine Stimme zu Eriks Füßen. „Ist das der Elfenkönig?“

Erik blickte nach unten und erkannte Theodor und Knaster. Er fühlte sich wie betäubt. Sein Gehirn begriff gar nichts mehr. Mühsam drehte er den Kopf und sah, dass sich ein Mann neben Leandro auf den Boden kniete und seinen Puls fühlte. Nach einer Minute blickte er auf und sagte etwas. Erik konnte ihn nicht verstehen, doch die Wölfin neben ihm heulte, als wäre der Mond aufgegangen – und die Welt unter.

Die Wolkenweise

Sie bildeten ein ganzes Geschwader in der Luft: fünfundzwanzig Greife, auf denen fünfundzwanzig Hexen und ein Menschenmädchen saßen. Dieser Anblick allein wäre schon großartig gewesen. Doch die Greife trugen nicht nur die Hexen, sondern auch Stückchen des Zauberwaldes auf ihren Rücken, in ihren Adlerschnäbeln und in den Löwenpranken. Da waren Zweige und Äste von Zauberwaldbäumen und blühende Blumen und zwischen den Greifen flogen ganze Vogelscharen und einige Fabelwesen.

„Da vorne ist das Grenzgebirge", rief Irmelin in den Flugwind. „Ich werde landen und den Drachen Anweisungen geben."

Ohne ihr Zutun schloss sich der Greif, der Yvelle und Ariane trug, dem von Irmelin an. Die anderen zogen weiter am Himmel ihre Bahnen.

Kaum hatten die Löwenpranken der beiden Greife den Boden berührt, landeten auch ein grüner und ein roter Drache neben ihnen.

„Obligo!", rief Ariane und kletterte vom Greifenrücken, um den grünen Drachen zu begrüßen.

Yvelle wusste, dass ihre Mutter nicht allzu viel von Obligo hielt. Und seit er bei der Versammlung im Elfenpalast den halben Tisch abgefackelt hatte, verstand Yvelle auch, warum. Nun wollte ihre Mutter das Schicksal des Zauberwaldes in seine Pranken legen …

„Ich grüße euch, Drachen, Herrscher der Lüfte“, sagte Irmelin.

Gerade wollte Yvelle die Augen verdrehen, als sie sah, wie sich die Haltung der Drachen veränderte. Sie senkten die Köpfe, um auf einer Höhe mit der Hexe zu sein, und blickten ausgesprochen freundlich.

„Wir grüßen dich, Hexe, Hüterin des Wissens“, sagten die Drachen wie aus einem Munde.

„Wir sind gekommen, um das Heimweh der Wolkenwesen zu wecken“, sagte Irmelin. „Wir bringen ihnen Gaben aus dem Zauberwald, denen sie hoffentlich nicht widerstehen können.“

Die Drachen hoben die Köpfe und blickten zu den Greifen auf.

„Zweige?“, fragte Obligo zweifelnd. „Komische Kreaturen sin das, die Wolkenwesen. Ich tät mich ja über ’nen saftigen Braten freuen. So ’nen richtig fetten mit –“

„Obligo!“, keifte der rote Drache verärgert.

„Is ja gut. Mein ja nur“, sagte Obligo verlegen.

Irmelin lächelte geduldig. „Die Greife werden uns zu ihnen bringen“, sagte sie. „Doch den nächsten Schritt könnt nur ihr ausführen.“ Sie holte ein rotes Päckchen aus ihrem Gewand – das Blatt mit der Paxwurzel. „Eine Riesenblutbuchenwurzel“, erklärte sie. „Werft sie in den Teich am Fuß des Gebirges. Wartet, bis das Wasser rot ist. Dann muss einer von euch so viel wie möglich davon trinken. Es wird vorübergehend sein Feuer löschen. Sobald Ariane wieder in der Menschenwelt ist und der Elfenkönig und die anderen zurück im Zauberwald sind, fliegt hoch über die Wolkenwesen – und versprüht den Saft.“

Obligo schaute verwirrt das rote Päckchen an, doch der rote Drache nickte. „Ich werde es tun“, sagte er.

„Kommt gar nich in den Sack!“, rief Obligo sofort. „Ich bin der Oberste und Erste Drache, das is meine Sache, Lingua.“

„Nein, Obligo“, sagte Lingua sanft. „Deine Aufgabe ist es, das Menschenmädchen in seine Welt zurückzubringen und den Elfenkönig zu holen. Sobald du mit ihm und den Kobolden die Grenze durchfliegst, verteile ich den Wurzelsaft.“

Yvelle merkte, wie erleichtert ihre Mutter war, als der grüne Drache widerstrebend zustimmte.

„Manchmal muss man die Drachendamen machen lassen", verriet er Ariane hinter vorgehaltener Pranke. „Sonst tut man alles nur noch schlimmer machen." Er zwinkerte Ariane zu und sie lachte.

Irmelin warnte Lingua noch einmal eindringlich: „Achte darauf, dass kein anderes Wesen mit dem Saft benetzt wird, ehe die Wolkenwesen ihn aufgesogen haben. Nur Drachen sind gegen die Wirkung gefeit."

„Kapiert", sagte Lingua.

„Aber trink den Trank, sobald das Wasser rot ist", sagte Irmelin. „Sonst verflüchtigt sich der Wirkstoff und wird vom Wind verweht."

„Gut." Lingua blickte zum Grenzgebirge. „Ihr solltet aufbrechen. Es ist nun Nacht in der Menschenwelt und keiner wird euch sehen."

Irmelin zögerte einen Moment, während Ariane Obligo schnell auf die Nase küsste und dann hinter Yvelle auf den Greif kletterte. Doch schließlich verneigte sich die Vorsitzende des Hexenrates vor den Drachen und kletterte auf ihren Greif.

Wieder stiegen sie hoch in die Luft und die Dra-

chen folgten ihnen bis zum Grenzgebirge. Die anderen Greife begleiteten sie und gemeinsam flogen sie in schwindelerregende Höhen, damit die Hitze der Felsenfieslinge nicht ihre Federn und Felle versengte.

Schon nach wenigen Augenblicken hatten sie das brennende Gebirge hinter sich gelassen und segelten in trübes Grau, unter dem nichts zu erkennen war. Das Grau wurde dunkler und mit einem Mal wurde aus dem sonnigen Morgen finstere Nacht. Weit vor sich konnte die kleine Hexe silbrige Gebilde am schwarzblauen Himmel erkennen.

„Da!“, rief Ariane und deutete mit dem Finger vor sich. „Wolkenwesen!“

Tatsächlich leuchteten vor ihnen die ersten Gebilde, die der Mond schwach beleuchtete. Sie waren dünner, als Yvelle sie je gesehen hatte. Die kleine Hexe konnte kaum eine eindeutige Gestalt wahrnehmen.

Sie flogen weiter hinein ins Land der Menschen, bis die Wolkendecke dichter wurde. Beinahe sah es aus wie die sturmgepeitschte Oberfläche eines endlosen Sees.

„Das ist weit genug!“, rief Irmelin. „Fangt an.“

Es war, als hätten sie ein Leben lang dafür geübt.

Yvelle verlor jedes Gefühl für die Wirklichkeit, als sie zusah, wie die Greife fliegend durch die Wolken tanzten. Die Hexen auf ihren Rücken schwenkten die Zweige. Die Blumen verströmten ihren Duft, als wüssten auch sie, worum es ging. Pilze und Harz, Moos und Flechten, Rinden und Kräuter durchzogen den Himmel mit ihrem würzigen Geruch. Jede Hexe entzündete eine Fackel und ihr Schein vermengte das Silber des Mondes mit dem Gold des Feuers. Der Wind zog sich zurück und die Greife segelten durch die Luft, ohne ihre Schwingen zu bewegen. Sie alle schafften Raum für das Lied des Waldes.

Und dann stimmten die Vögel mit ein. Ihr Gesang erzählte vom Nestbau im Frühling und von der Futtersuche im Winter, vom Fangen der Käfer im Sommer und den reifen Beeren im Herbst. Sie sangen vom Fliegen und dem, was sie gesehen hatten. Von den Wipfeln der Bäume und den schneebedeckten Berggipfeln, von den glasklaren Flüssen und dem Wiegen des Windes.

Yvelle liefen Tränen über die Wangen, als sie spürte, wie auch sie das Heimweh zerriss. Die Wolkenwesen formten Köpfe und reckten sie aus der wabernden, wogenden Masse der silbrigen

Decke. Sie lauschten und schnupperten und beobachteten. Sie formten Hände, die nach den Zweigen griffen, und Münder, die sich bewegten, ohne einen Laut von sich zu geben.

„Sie singen!“, rief Irmelin. „Es funktioniert.“

Und dann gaben die Hexen der Melodie Worte. Was die Wolkenwesen nur summten und surrten, erklang nun im vielstimmigen Chor und Yvelle dachte, sie müsse vergehen vor Sehnsucht.

Wo Bäche murmeln, Berge wachen,
klingt glockengleiches Blätterlachen.
Eiskristalle funkeln helle,
Nixen singen an der Quelle
von Einhörnern und jungen Rehn,
vom Reich der Elfen, Tal der Feen
im zauberhaften Zauberwald.

Wo Hasenherzen mutig schlagen,
Fuchs und Faun sich gut vertragen,
Wölfin und Schlange Schwestern sind,
spielt Eichkätzchen mit Koboldkind.
Wo Knospen ihre Blätter kennen,
Drachenfeuer lodernd brennen,
liegt diese wahre Wunderwelt.

Wer Träume hat, wer Wünsche hegt,
ob Flügel schlägt, ob Schuppen trägt,
in Wasser, Feuer, Luft und Erde
ihm dieser Ort zur Heimat werde.
Ob dunkle Höhlen dich verstecken,
du lichte Höhen willst entdecken,
ist dein Zuhaus dies Märchenland.

Während die Hexen sangen, änderten die Greife ihre Richtung. Sie flogen nicht weiter ins Menschenland, sondern zurück zum Grenzgebirge. Dennoch wurde die Wolkendecke unter ihnen nicht dünner.

„Sie ziehen mit!“, rief Ariane.

Yvelle nickte. Sie konnte nicht sprechen. Sie war gefangen in der Wolkenweise. Mit jeder Faser sehnte sie sich danach, über die Kräfte der Elfen zu verfügen. Wie gerne hätte sie König Leandro eine Botschaft gesandt, damit er wusste, dass es richtig gewesen war, den Hexen zu vertrauen. Wie hatte Yvelle daran zweifeln können, dass der Plan ihrer Mutter funktionieren würde? Selbst ein Stein hätte sich Füße wachsen lassen und wäre zurück in den Zauberwald. Nie hatte Yvelle sich etwas sehnlicher gewünscht, als diese Grenze erneut zu überqueren und heimzukehren, dorthin, wohin sie gehörte.

Als sie den Feuerschein der Felsenfieslinge vor sich sah, atmete die junge Hexe auf. Sein Leuchten stand für den Zauberwald. Für Sicherheit, Geborgenheit und Wärme – für Zuhause.

Auch die Wolkenwesen seufzten erleichtert. Immer noch sangen die Hexen ihr Lied und immer noch zog die silberne Decke mit ihnen in das dunkle Grau, das langsam heller und dann zu einem strahlenden Morgen wurde, bis sich die Wolken über das Grenzgebirge schoben. Sie hüllten die Drachenwache vollständig ein und formten Hände, die denen der Felsenfieslinge glichen.

Die Felsenfieslinge blickten nach oben und hörten auf, brennende Tränen zu weinen. Stattdessen weinten nun die Wolkenwesen. Noch nie zuvor hatte es im Zauberwald so geregnet. Es war, als verdrängten die Tränentropfen selbst die Luft über dem Gebirge. Während sie niederfielen, erloschen nach und nach zischend und dampfend die Lavaströme, die das Gebirge einhüllten. Das glühende Rot wurde schwächer und wandelte sich langsam zu erstarrtem Schwarzgrau.

Einer nach dem anderen landeten die Greife auf der Ebene am Fuße des Berges. Die Hexen blickten in den Himmel, der nun grau war.

Langsam, ganz langsam streckten die Wolkenwesen ihre Hände aus und umfassten die ihrer Verwandten. Es regnete weiter und der Wasserdampf hüllte die Berge in einen dichten Nebel. Doch sobald die Hände verschränkt waren, brachen sich Sonnenstrahlen im Dunst und zauberten zahllose Regenbogen wie eine vielfarbige Wand vor die Hexen.

Erst jetzt stimmten die Hexen ihr Jubelgeschrei an. Yvelle und Ariane stimmten jauchzend mit ein. Es war vollbracht! Die Grenze war wieder heil. Yvelle wandte sich um und fiel Ariane um den Hals.

„Schau mal!“, rief Ariane. „Die Drachen!“

Die Drachenwache tauchte zwischen den Regenbogen hervor und flog als bunt glänzende Edelsteine ihren Freudenflug. Sie lachten und trompeteten laut und segelten vergnügt durch die Luft.

„GUT GEMACHT!“, rief Obligo, als er ein Stück herabstieg und über die Hexen hinwegglitt. „WUNDERBAR! TRALLALLALLLAAA!“

In der Luft steuerte er ausgelassen auf einen saphirblauen Drachen zu. Die beiden fassten einander an den Pranken und tanzten in einem so schnellen Kreis, dass Yvelle bald nur noch ein blaugrünes Funkenrad erkennen konnte.

„DU UNTREUER, FIESER BETRÜGER!“

Der rubinrote Drache flog im Sturzflug auf das Rad zu und stieß mit den Krallen danach. Der blaue Drache machte sich eiligst davon. Doch Obligo fand sich nun Nüster an Nüster mit einer vor Wut kochenden Drachendame.

Die Hexen um Yvelle herum kicherten leise und Ariane schüttelte den Kopf. „Oh Mann, Obligo", seufzte sie. „Keine Ahnung von Frauen."

Yvelle lachte und beobachtete amüsiert das Eifersuchtsdrama am Himmel.

„Eben hast du mir noch vorgesäuselt, wie einsam du ohne mich warst!", kreischte Lingua. „Dass du nichts lieber hättest als eine Gefährtin, die Seite an Seite mit dir fliegt. Und jetzt machst du Fidelia schöne Nüstern?"

„Aber … öh … wir ham doch nur so 'n bisschen rumgetanzt", meinte Obligo und sackte ein Stückchen tiefer.

Lingua folgte ihm. „Rumgetanzt?", fuhr sie ihn an. „Rumgetanzt? Und gestern, da hast du deinen Schnaps mit ihr geteilt! Denk nicht, ich hätte es nicht gesehen. Als ihr zusammen gemütlich Pause gemacht habt, du … du …"

„Guck mal da!", rief Obligo. „Der schöne Regenbogen!"

„Ich pfeif auf den Regenbogen!“

„Aber, Lingua, Schätzchen“, gurrte Obligo. „Das hat doch alles gar niemals nie nichts zu bedeuten. Ich hab doch nur Nüstern für deinereiner, mein süßes Kugelbäuchelein.“

Obligo hatte recht, stellte Yvelle verwundert fest. Lingua hatte wirklich einen kugelrunden Bauch. Das war Yvelle noch gar nicht aufgefallen.

„Kugelbäuchelein?“, keifte Lingua. „Du hast's grad nötig, du nacktbäuchige Eidechse! Geh doch und trink deinen Schnaps mit Fidelia. Was kümmert's mich? Ihr Pech!“

„Aber … aber …“ Obligo flatterte um die Drachendame herum wie ein riesiger, dicker, schuppiger Schmetterling um eine Blume. „Es war doch nur, weil sie fast keine Flammen mehr hat spucken können. Drum hab ich mit ihr geteilt, mein Herzilein. Was wäre denn eine Drachenwächterin ohne Flamme?“

Das schien zu wirken.

Lingua rollte nicht mehr ganz so wild mit den Augen. „Ach?“, hauchte sie. „Das war alles?“

„Jaaa, das bestätige ich ehrenwörtlich“, schnurrte Obligo und blieb mit hängenden Armen und Beinen aufrecht vor ihr in der Luft stehen. „War bloß, damit Fidelias Flamme wieder geht. Sie hat doch diese ganz außergewöhnlich lange Flammenzunge. So was hab ich noch nie gesehen. Sie schießt erst geradeaus und dann plötzlich im Zickzack wie ein Blitz.“ Obligo geriet ins Schwärmen und bemerkte nicht, dass Lingua sich erneut aufplusterte. Ihre goldenen Augen in den Höhlen rotierten und ihre Brust blähte sich, als wollte das Drachenweibchen in der Luft explodieren. „Vor der muss man sich hüten tun, sag ich dir. Lingua? Lingua? Was iss'n los mit dir, Schatziputzi? Is dir nich gut?“ Obligos Nüstern weiteten sich und er schoss davon, Lingua dicht hinter ihm her.

„Ich zeig dir eine Flammenzunge“, zischte sie und spie ihm ihr Feuer hinterher.

Irmelin keuchte vor Entsetzen auf und wandte sich ab. „Auf!“, brüllte sie. „Los, ihr Greife! Fliegt, bringt uns fort von hier, schnell!“

Yvelle blickte überrascht auf, immer noch das Lachen über Obligos Missgeschick auf den Lippen. Da

hob sich ihr Greif schon vom Boden und folgte den anderen. An den Gesichtern der meisten Hexen konnte Yvelle erkennen, dass nicht alle verstanden, was vor sich ging. Hatte Irmelin etwa Angst vor dem wütenden Drachen?

„Das ist kein Feuer!“, brüllte Ariane hinter ihr erschüttert.

Yvelle drehte sich um und sah, dass Lingua Obligo weiterhin durch die Luft jagte. Sie spie immer noch roten Atem hinter ihm her und ihr Bauch war längst nicht mehr so zum Platzen gefüllt. Ariane hatte recht. Es war kein Feuer, das Lingua spie. Es war Paxwurzelsaft!

War der Brodem, der aus Linguas Maul schoss, noch tiefrot, so wurde er doch sofort von den Wolken um sie herum aufgesogen und die färbten sich langsam rosa. Im gleichen Maße veränderten sich die Wolkengesichter. Sie lächelten vor Glückseligkeit.

„Was bedeutet das?“, brüllte Yvelle. „Was bedeutet das?“

„Die Wolkenwesen sind angesteckt“, rief ihre Mutter, deren Greif nun neben ihrem flog. „Sie werden sich nicht mehr von der Stelle rühren, für lange Zeit nicht.“

Ariane heulte auf. „Aber … aber, mein Bruder!“

„Deinem Bruder geht es gut“, sagte Irmelin traurig. „Doch ich glaube nicht, dass du ihn wiedersehen wirst. Die Zeit vergeht anders in der Menschenwelt.“

„Nein!“, brüllte Ariane. „Nein, Sie irren sich. Das kann nicht sein! Ich will wieder nach Hause. Ich will zu meinem Bruder.“

Sie schlang die Arme um Yvelle und presste ihr Gesicht schluchzend gegen den Rücken der Hexe.

„Und der König?“, rief Yvelle wild. „Was ist mit ihm?“

Irmelin seufzte. „König Leandro ist in der Menschenwelt gefangen.“

„Aber … er kommt doch wieder, wenn die Grenze aufgeht, richtig? Richtig, Mama?“

„Ich fürchte, nein“, sagte Irmelin. „In der Menschenwelt gelten andere Gesetze. Er ist dazu verurteilt, als Mensch zu leben, zu altern und zu sterben.“

Der Zauberzieler

Erik kniete auf der Straße und starrte auf den leblosen Körper des Elfenkönigs. Die Kappe, die Leandro getragen hatte, lag neben seinem Kopf und sein langes weißes Haar breitete sich um ihn herum aus. Er sah aus, als würde er nur schlafen. Erst als Tropfen auf Eriks Hände fielen, merkte er, dass er weinte. Elvira saß neben ihm und winselte leise. Theodor und Knaster schluchzen. Gleichzeitig wurde das Heulen von Sirenen lauter und eine Minute später hielt ein Krankenwagen vor der Menschenmenge.

„Was ist passiert?“, rief einer der Sanitäter, als er sich neben Leandro auf den Boden kniete. „Ist der Junge bewegt worden?“

„Es war ein Autounfall“, sagte Erik leise. „Er ist einfach –“

„Hier ist gar nichts passiert“, unterbrach ein dicker Mann Erik laut. „Überhaupt nichts. Falscher Alarm.“

Erik fuhr herum und blickte den Mann ungläubig an, als sich eine Frau hinter ihm zu Wort meldete: „Wir stehen nur hier und reden, nichts weiter.“

Der Sanitäter nickte und stand wieder auf. „Ach so“, sagte er.

„Was?“, rief Erik fassungslos. „Was tun Sie denn? Mein Freund ist –“

„– völlig in Ordnung“, sagte Leandro. Seine Augen waren weit offen und hatten wieder diesen abwesenden Ausdruck. „Ich bin nur eingeschlafen. Kein Grund zur Sorge. Gehen Sie alle weiter.“ Er bebte vor Anstrengung.

Elvira jaulte freudig auf und Erik fing an zu lachen. Er fühlte sich, als wäre ein mit Glück gefüllter Ballon in seinem Inneren geplatzt. Leandro lebte! Er lebte und er brachte all diese Menschen dazu, sich seinem Willen zu fügen. Einer nach dem anderen drehte sich um und ging davon, ohne zurückzublicken. Binnen Minuten saßen sie allein auf der kleinen Verkehrsinsel. Erst jetzt entspannte sich der Elfenkönig und atmete tief ein.

„Du lebst!“, rief Erik.

Elvira leckte Leandro übers Gesicht und Knaster und Theodor hüpften wild herum und fielen sich gegenseitig um den Hals. „Er lebt!“, sangen sie wieder und wieder.

Leandro stand auf und fasste sich mit einer Hand an die Brust. Er machte ein paar Knöpfe seines Hemdes auf. Darunter kam ein grüner Schuppenpanzer zum Vorschein.

„Missachte nie den Rat einer Hexe“, murmelte er. „Ohne den hier wäre ich jetzt wohl tot.“

„Was ist das?“, fragte Erik.

„Drachenschuppen“, hauchte Elvira. „Aber …“

Vorsichtig überquerte Leandro die Straße. Erik und Elvira folgten ihm. Knaster und Theodor tanzten hinter ihnen her. „Ich habe geträumt“, sagte Leandro und ging mit langsamen Schritten auf dem Gehweg weiter. „Ich saß auf dem Rücken eines Greifs und flog durch die Nacht. Alles war gelungen. Und doch brannte ich vor Sehnsucht nach dem Zauberwald.“

„Den siehst du auch bald wieder“, meinte Erik schnell. „Wir müssen nur noch die Kobolde finden, und dann –“

Knaster zupfte an Eriks Hosenbein. „Wir wissen, wo sie hinwollen“, rief er. Leandro, Erik und Elvira sahen ihn überrascht an. „Also, es ist so … Wir haben ihnen von der Menschenwelt erzählt.“

„Wir sind gute Erzähler“, ergänzte Theodor betrübt.

„Es ist ein Fluch“, erklärte Knaster. „Aber wir wollten es wieder in Ordnung bringen.“

„Dann seid ihr also der Adler und die Maus?“, fragte Leandro. „Die Drachenwache hat mir von euch erzählt.“

„Äh …“ Theodor räusperte sich. „Wir mussten doch etwas tun. Wir glauben, dass die Kobolde zu dem Steinbaum mit der Krone wollen.“

Erik runzelte die Stirn. „Zu wem?“

„Wohin du mich mitgenommen hast“, erklärte Knaster. „Da, wo es die Windbläser gibt. Und die Dinger, mit denen man alle springen lassen kann.“

„ElektroKing?“, rief Erik ungläubig. „Ihr denkt, die drei wollen in ein Elektrofachgeschäft? Aber wozu denn?“ Doch er musste Knasters Antwort gar nicht erst abwarten. „Der Zauberzieler ist eine Fernbedienung!“

„Fernbedienung!“, rief Theodor aufgeregt. „Ich wusste, es war was mit *dienen*, nicht mit *zielen*! Nie hörst du auf mich, Knaster!“

„Ist das eine Waffe?“, fragte Leandro.

Erik lachte. „Nein. Es ist so was wie ein Spielzeug. Völlig harmlos. Und im Zauberwald auch völlig nutzlos. Eine Fernbedienung funktioniert nicht durch einen Zauber, sondern durch Elektrizität.“

„Und wo ist dieses Geschäft?“, fragte Elvira.

„Drei Straßen weiter."

„Hab ich doch gesagt, dass wir nahe dran sind!", rief Knaster. „Darum haben wir uns in diesem Kinderdings versteckt. Damit wir durch die Straßen fahren können, ohne aufzufallen. Hat super geklappt – bis ihr uns entdeckt habt."

„Wer sagt uns, dass Kiwwel, Kürkin und Kalau dorthin finden?", meinte Erik. „Sie kennen sich in der Stadt nicht aus."

„Ich habe ihnen erzählt, dass auf dem Steinbaum eine große Krone drauf ist", meldete sich Knaster kleinlaut.

„Früher oder später werden sie ihn finden", erklärte Leandro. „Und dann haben wir sie."

Leandro hatte recht. Schon als das Gebäude mit der großen Goldkrone in Sichtweite kam, bemerkte Erik die Menschen, die scharenweise herausströmten. Einige blieben im Eingangsbereich stehen und redeten aufgeregt miteinander. Er stellte seinen Rucksack ab und der Hase und der Kobold kletterten hinein.

„Wenn die wieder ein Kind anfallen!", regte sich eine Frau auf, die mit ihrem Begleiter an ihnen vorbeieilte. „Man sollte den Besitzer dafür verklagen, sag ich dir."

„Sie sind da drin“, stellte Erik fest, als sie vor dem Gebäude stehen blieben.

„Ich kann sie riechen“, bestätigte Elvira.

Leandro nickte. „Ich kann sie fühlen.“

„Und ich will ihnen in den Hintern treten“, meldete sich Knaster aus dem Rucksack.

Die Türen öffneten automatisch. Schon im Erdgeschoss schlug ihnen Stimmengewirr entgegen. Leute drängten eilig an ihnen vorbei nach draußen.

Verkäufer liefen kopflos herum. Jeder zweite telefonierte mit seinem Handy. Immer wieder fiel das Wort *Affen*.

„Entschuldigen Sie“, wandte sich der Elfenkönig an einen Angestellten. „Wir sind Affenfänger. Können Sie uns sagen, wo wir die Tiere finden?“

Der junge Mann runzelte erst die Stirn, dann wurde sein Blick glasig und er deutete auf die Rolltreppe. „Dritter Stock. Bei den Spielkonsolen.“

„Wieder so eine fahrende Treppe“, sagte Leandro, stieg dann aber doch auf eine Stufe. „Ist sie der einzige Weg nach oben?“

Erik nickte. „Die haben hier keine Aufzüge.“

Der dritte Stock war menschenleer. Nur zwei Verkäufer hielten in einer Ecke die Stellung. „Hier ist gesperrt!“, rief einer ihnen zu. „Die Affen sind los!“

„Elvira“, sagte Leandro leise. „Diese Treppe nach unten ist der einzige Fluchtweg für die Kobolde. Bleib bitte hier und bewache ihn.“

„Aber ich –“

„Solange du hier bist, können sie nur im Kreis laufen“, erklärte Leandro. „Wenn sie uns jetzt entkommen, haben wir keine Chance, sie je wiederzufinden.“

Die Wölfin bezog wortlos Stellung. Erik nahm seinen Rucksack ab und stellte ihn neben sie. Dann führte er Leandro an den Plasmafernsehern vorbei zu den Videospielkonsolen. Sie konnten die Kobolde inzwischen hören. Ihre hohen Stimmchen kreischten erregt: „Ich wusste, wir finden das Dings!“

„Aber es funktioniert nicht richtig.“

„Du machst es falsch. Lass mich mal.“

„Such dir doch selber einen.“

Sie bogen ein letztes Mal um die Ecke und sahen die drei Kobolde endlich. Einer saß auf einem großen Monitor und drückte auf einer Fernbedienung herum. Der Fernseher gegenüber wechselte von einem Sender zum anderen. Der dickste Kobold riss an einem Joystick, doch der war nicht angeschlossen. Der dritte und dünnste hatte eine Konsolenfernbedienung in der Hand, wie auch Erik

sie besaß. Auf der rechten Seite befand sich ein schwarzes Tastenkreuz, auf das der Kobold mit seiner kleinen Faust hämmerte. Die Konsole war an einen Fernseher angeschlossen und die Figur in dem Videospiel duckte sich, sprang auf, lief los, duckte sich, sprang auf … Der Kobold kreischte vor Freude.

„Ui-ui", rief der Dicke plötzlich, als er Erik und Leandro sah. „Leute, da is der hässliche Knirps wieder … der, der uns hören kann."

„Und er hat einen Freund mitgebracht", sagte der dünne Kobold.

„Wir haben inzwischen unsere eigenen Zauberzieler", ließ der Dicke Erik wissen. „Und du hast deinen nicht dabei!"

„Was willst du jetzt machen, hä?", wollte der auf dem Monitor wissen.

„Ich will euch zurück in den Zauberwald bringen", sagte Leandro ruhig. „Wo ihr hingehört, Kalau, Kiwwel und Kürkin."

„Uiiii", rief einer. „Der Junge kennt ja unsere Namen. Wir sind aber keine Drachen, Menschling. Uns kannst du deshalb gar nichts befehlen."

„Was glaubt'n der, wer er ist?", lachte ein anderer.

„Ich bin Leandro, der Elf, König des Zauberwaldes."

Der Kobold auf dem Monitor lachte so heftig, dass er auf den Boden fiel und auf dem Bauch landete. „Er glaubt, er ist der Elfenkönig!", keuchte er.

Leandro nahm schweigend die Kappe ab, die er nach dem Unfall wieder aufgesetzt hatte, und sein weißes Haar fiel über seine Schultern.

Einen Augenblick lang herrschte Stille. Dann fiepte der dünne Kobold mit erstarrtem Blick: „Ich glaube, da glaubt er das Richtige."

„Was … wie … wo …?", stammelte der Dicke.

„Drei ausgezeichnete Fragen", meinte Erik trocken. „Habt ihr etwa gedacht, ihr könntet ewig in der Menschenwelt rumlaufen? Die würden euch hier bloß einsperren und mit euch Experimente machen."

Doch die Kobolde achteten nicht mehr auf sie. Die drei steckten die Köpfe zusammen und tuschelten.

„Das gibt Ärger", meinte einer.

„Besser, wir hauen ab", ein anderer.

„Ihr kommt hier nicht weg", sagte Erik. „Die Ausgänge werden bewacht."

„Das ist doof", gab ein Kobold zu. „Los, benutzen wir die Zauberzieler und frieren sie ein."

Jeder Kobold stellte sich breitbeinig auf und zielte mit seiner Fernbedienung auf Erik und Leandro.

„Du bist sicher, dass die Zauberzieler harmlos sind?“, fragte Leandro.

Erik grinste. „Absolut sicher.“

„Pah! Wartet's nur ab …“, rief ein Kobold und drückte auf ein Knöpfchen. Auf dem Fernseher neben ihm wechselte der Sender.

Die anderen beiden drückten nun ebenfalls auf ihren Geräten herum.

„Gebt auf“, meinte Leandro seufzend. „Lasst uns nach Hause gehen. Ihr hattet euer Abenteuer.“

„Niemals!“

„Wir geben nicht auf!“

„Kommt gar nicht infrage!“

Sie konnten den großen Karton nicht sehen, der sich ihnen von hinten näherte. Eigentlich hätte darin ein Computermonitor transportiert werden sollen. Doch jetzt stellte sich heraus, dass er auch uneingeschränkt dazu geeignet war, Kobolde zu verpacken.

Knaster und Theodor stülpten den Karton über die drei Kobolde und sprangen dann selbst obendrauf. Sofort fing die Kiste an, wie wild zu wackeln. Leandro und Erik eilten zu ihnen und hielten sie auf dem Boden fest.

„Habt ihr sie?“, rief einer der Verkäufer außer Sichtweite.

„Ja“, rief Knaster zurück. „Alle Kobolde gefangen. Gefahr vorbei.“ Theodor hob ein Ohr und Knaster schlug seine Handfläche dagegen. „Wozu hat man Helden?“ Damit hüpften sie auf den Boden.

Erik und Leandro drehten den Karton um und schlugen die Laschen über den Köpfen der Kobolde zu.

„Gut gemacht“, sagte Leandro zu Theodor und Knaster.

„War doch das Mindeste“, sagte Knaster verlegen.

Erik hob den Karton mit den fluchenden und schimpfenden Kobolden auf und trug ihn Richtung Rolltreppe. Er war erstaunlich leicht.

„Ihr habt sie!“, rief Elvira erfreut und schnüffelte an dem Karton.

„Ja“, sagte Leandro erleichtert. „Theodor und Knaster haben die Ausreißer eingefangen. Ich muss mich nur noch um die Leute hier kümmern. So ohne Weiteres werden sie uns mit dem Karton sicher nicht rauslassen.“

„Es gibt noch eine gute Nachricht“, sagte Elvira. „Schaut mal nach draußen.“

Erik, Leandro, Theodor und Knaster wandten die Köpfe und blickten aus den Fenstern.

„Keine Wolkenwesen mehr“, platzte Theodor heraus.

„Die Hexen!“, murmelte Erik. „Sie haben es geschafft. Die Grenze ist wieder heil.“

Elvira rieb ihren Kopf an Eriks Bein und seufzte. „Jetzt können wir endlich zurück nach Hause.“

Leandro runzelte verwirrt die Stirn. „Das ist eigenartig …“, sagte er. Er sah aus, als lausche er einer weit entfernten Melodie. „Ich habe Ariane einen Nubbel gegeben. Warum hat sie mir keine Gedankenbotschaft geschickt?“

„Ihr ist doch nichts passiert?“, fragte Erik beunruhigt.

Leandro schüttelte den Kopf. „Dann hätte eine der

Hexen eine Nachricht gesandt. Außerdem … kann ich Obligo ebenfalls nicht erreichen. Es ist, als prallten meine Gedanken gegen eine Wand."

„Was bedeutet das?", fragte Theodor verunsichert.

Doch niemand konnte ihm darauf eine Antwort geben.

Die verlorene Geschichte

Obligo saß an einen Baum gelehnt auf dem Boden und Ariane im Schneidersitz auf seinem Bauch. Sie hatte die Hände vors Gesicht geschlagen und weinte hemmungslos, während der Drache versuchte, sie aufzumuntern. Er war den Greifen gefolgt, als sie die Hexen zurück ins Dorf gebracht hatten. Seitdem hatte er sich ungefähr hundert Mal entschuldigt und versucht, Ariane zu trösten. Erfolglos. Was sollte Ariane jetzt noch trösten können? Irmelin hatte ihr unmissverständlich klargemacht, dass sie weder ihre Mutter noch Erik und Joachim oder ihre Freunde je wiedersehen würde. Und da sollte sie einfach schniefen und sich damit abfinden? Sie hatte gerade ihre ganze Welt verloren!

„Ariane“, sagte Yvelles Stimme irgendwo zwischen den Bäumen. „Kann ich mit dir reden? Ich muss dir etwas sagen.“

„Nanu, wer bist'n du?“, fragte Obligo überrascht. „Und wie kommst du hierher?“

„Das ist Yvelle“, murmelte Ariane in ihre Hände. „Sie ist eine Hexe und meine Freundin.“

„Tut aber ganz und gar nicht aussehen tun wie ’ne Hexe“, meinte Obligo.

Ariane hob den Kopf aus den Händen und wandte sich um. Sie war so verblüfft, dass sie sogar aufhörte zu weinen. Obligo hatte recht: Das war keine Hexe. Ein junges Mädchen stand barfuß vor dem Drachen und blickte zu Ariane auf. Es hatte lange goldene Locken und blasse Haut und wirkte sehr ernst.

„Wer bist du?“, fragte Ariane.

„Ich bin Yvelle.“

„Aber … du siehst aus … wie ein Menschenmädchen.“

„Tu ich genauso sehen“, brummte Obligo.

Das Mädchen schlang die Arme um den Körper und holte tief Luft. „Das liegt daran, dass ich eines bin. Oder zumindest mal eines war, obwohl ich im Zauberwald geboren wurde. Ich weiß nicht, wie ich es erklären soll … Ich … muss dir die Geschichte von Anfang an erzählen.“

„Würd ich auch meinen tun“, sagte der Drache und streckte Yvelle eine Pranke entgegen, um sie neben Ariane auf seinen Bauch zu setzen.

„Ich wollte es dir schon so oft sagen“, fing Yvelle an. „Aber meine Mutter hat es mir verboten. Wir hüten dieses Geheimnis seit Ewigkeiten. Wenn es jemand erfährt, würde man uns vielleicht aus dem Zauberwald verbannen.“ Sie blickte Obligo an.

„Ich tu niemals nix sagen tun“, versprach er. „Garantiert nich.“

Ariane schwieg. Sie wusste nicht, was sie denken sollte. Atemlos wartete sie darauf, dass Yvelle fortfuhr.

Yvelle nahm Arianes Hand. „Ich glaube, es gibt womöglich doch einen Weg, die Grenze zu öffnen. Es muss ihn geben, weil es schon einmal passiert ist. Die Wolkenwesen waren nicht immer Wanderer zwischen den Welten. Früher sind sie nur über den Zauberwald gezogen und haben die Grenze nie überschritten. Bis jemand sie dazu überredet hat.“

„Jemand?“, fragte Ariane und fühlte, wie Hoffnung in ihr wuchs.

„Meine Großmutter. Regula.“ Yvelle schluckte. „Sie hat mir vor ihrem Tod die ganze Geschichte erzählt. Ich glaube, außer meiner Mutter und mir kennt die keine Hexe so genau. Sie wissen bloß, dass wir aus der Menschenwelt in den Zauberwald gekommen sind.

Meine Großmutter hatte schon immer Geschichten erzählt. Geschichten von einer

Welt, die sie in ihren Träumen besucht hat. Einem Märchenland, in dem Tiere sprechen und Felsen weinen, in dem es Drachen gibt und Elfen und Einhörner und Feen."

„Der Zauberwald", sagte Ariane heiser.

„Sie hat gewusst, dass es ihn gibt", erzählte Yvelle. „Nach dem frühen Tod meines Großvaters hat sie sich immer öfter in diesen Traum geflüchtet. Sie hat ihren Freunden die Geschichten erzählt und ihrer Tochter. Großmutter sagte, die Zeiten in der Menschenwelt waren sehr hart damals. Besonders für eine Frau, die alleine für sich und ihre Tochter sorgen musste. Regula wusste viel über Kräuter und Heilkunde. Sie pflegte Kranke und half bei der Geburt der Kinder. Und immer erzählte sie ihre Märchen. Aber das gefiel nicht allen. Manche nannten sie eine Hexe und hassten oder fürchteten sie. Es wurde etwas leichter, als meine Mutter älter war und heiratete. Meine Großmutter hat meinen Vater sehr lieb gehabt. Aber auch er starb – als meine Mama mit mir schwanger war. Danach wollten meine Großmutter und meine Mama nur noch weg."

„In den Zauberwald?", fragte Ariane ungläubig. „Aber woher wussten sie, dass es ihn wirklich gab?"

„Vielleicht haben sie es nicht gewusst“, meinte Yvelle. „Aber sie haben daran geglaubt. Und einige ihrer Freunde haben ebenfalls an Regulas Geschichten geglaubt. Wahrscheinlich waren sie der Ansicht, dass es überall anders besser wäre. Sie sind gemeinsam fortgegangen. Nach einer langen Reise kamen sie zu dem Gebirge, von dem meine Großmutter geträumt hatte. An seinem Gipfel hingen Wolken, die aussahen wie Köpfe. Regula sprach zu ihnen. Sie sagte ihnen, dass sie vom Zauberwald geträumt und sich auf die Suche nach ihm gemacht habe.“

„Und dann sind die Menschlinge einfach reinspaziert?“, fragte Obligo.

„Ganz so leicht war es wohl nicht“, antwortete Yvelle. „Meine Großmutter musste die Wolkenwesen davon überzeugen, dass hinter dem Grenzgebirge ihr Zuhause lag. Dass die Hexen, wie sie sich nannten, den Zauberwald brauchten und der Zauberwald die Hexen. Erst da hatten einige Wolkenwesen Erbarmen. Sie stellten meiner Großmutter eine Frage, die sie nur beantworten konnte, wenn sie den Zauberwald wirklich kannte.“

„Und dann haben die Wolkenwesen sie durchgelassen?“, fragte Ariane aufgeregt.

Yvelle nickte. „Und die Wolkenwesen selbst wurden neugierig. Offenbar hatten sie nie über die Welt hinter der Grenze nachgedacht. Doch nun waren Geschöpfe von dort in den Zauberwald gekommen. Sie wollten selbst sehen, wie die andere Seite aussieht. Seitdem wandern sie ständig über beide Himmel … Es muss möglich sein, sie noch einmal zu überreden!“

„Aber der Paxwurzelsaft“, sagte Ariane. „Er bindet sie doch.“

„Er hat ihren Streit geheilt, ja. Doch auch, als meine Großmutter vor sie trat, war die Grenze nicht durchlässig. Nur Geschichten konnten sie überqueren. Ariane, wenn die Wolkenwesen meine Großmutter und die anderen Hexen nach Hause gelassen haben, dann müssen sie auch dich durchlassen!“

„Versuchen kann man’s ja mal tun, oder?“, schaltete sich Obligo ein. „Haben ja nix zu verlieren, tät ich meinen.“

Ariane wischte sich mit beiden Händen die Tränen von den Wangen. Natürlich würde sie es versuchen! Wozu noch länger darüber nachdenken? Wenn es überhaupt einen Weg gab, nach Hause zu kommen, dann würde sie ihn finden.

„Danke, Yvelle“, sagte sie aufrichtig. „Du hast viel riskiert, mir das zu erzählen. Deine Mutter –“

„Hat mich mein Leben lang genau darauf vorbereitet“, unterbrach Yvelle sie. „Abzuwägen, eine Entscheidung zu treffen und für die Folgen einzustehen. Genau das tue ich jetzt. Aber wir müssen sofort aufbrechen. Wenn meine Mutter oder die anderen Hexen erfahren, dass ich dir unser Geheimnis verraten habe, werden sie vielleicht versuchen, dich aufzuhalten.“

„Na, das will ich aber seh’n“, gluckste Obligo. „Wie woll’n die denn einen Drachen aufhalten tun, hä?“

„Du kommst mit mir zum Grenzgebirge?“, fragte Ariane.

„Natürlich“, sagte Yvelle und lächelte aufmunternd. „Ich will dir nämlich winken, wenn du über die Grenze fliegst.“

„Genug gequatscht“, erklärte Obligo. „Jetzt tun wir erst einmal diese Wolkenwesen auseinanderscheuchen.“

Er packte mit jeder Pranke eines der Mädchen, erhob sich und setzte sie auf seinen Rücken. Ohne Vorwarnung stieß sich der Drache mit einem gewaltigen Satz ab und flog in den Himmel. Yvelle und

Ariane klammerte sich aneinander und versuchten, zwischen den Drachenschuppen Halt zu finden.

Arianes Gedanken schwirrten wild durcheinander wie ein Fliegenschwarm. Bis Yvelle ihr das Geheimnis der Hexen verraten hatte, war das einzige Gefühl in Ariane Verzweiflung gewesen. Jetzt hatte sie wieder Hoffnung – und zugleich auch Angst.

Regula hatte ihr Leben lang Geschichten erzählt. Die Hexe war so gut darin gewesen, dass andere Menschen ihr sogar geglaubt hatten, dass es den Zauberwald gab. Ariane liebte Geschichten zwar ebenfalls, aber was, wenn es ihr nicht gelang, die Wolkenwesen zu überzeugen?

Je näher sie dem Grenzgebirge kamen, desto unsicherer wurde sie. Und als der Drache schließlich auf dem Plateau vor den Felsenfieslingen landete, wusste Ariane nicht, wie sie auch nur ein Wort herausbringen sollte.

„Seid gegrüßt, Wolkenwesen!“, rief Yvelle an ihrer Stelle. Über ihnen lächelten glückselige Gesichter, doch die Münder bewegten sich nicht. „Sprich mit ihnen, Ariane!“

Ariane nickte und überlegte, wie sie anfangen sollte.

„Die Kleine hier will nach Hause!“, brüllte Obligo. „Seid's nicht so fies nicht und lasst uns gefälligst durch!“

Zugegeben, das fasste die Lage ganz gut zusammen. Ariane war allerdings nicht sonderlich überrascht, dass die Wolkendecke über ihnen nicht aufriss.

„Ich bin Ariane!“, rief sie laut. „Ihr kennt mich. Ich bin schon dreimal über diese Grenze geflogen. Jedes Mal auf dem Rücken dieses Drachen …“

„Hallöchen noch mal“, dröhnte Obligo und winkte mit einer Klaue.

„Das erste Mal wurde ich gegen meinen Willen in den Zauberwald gebracht. Diesmal bin ich freiwillig gekommen. Weil ich helfen wollte. Die Gefahr ist inzwischen vorüber. Ihr bewacht die Grenze und das ist auch gut so. Doch ich bin auf der falschen Seite. Genau wie der Elfenkönig und einige andere Zauberwaldwesen. Wir wollen heimkehren! Ich will zu meiner Mama und zu meinem Bruder Erik, den ihr ebenfalls kennt.“

Das schien die Riesengesichter jedoch nicht zu beeindrucken. Ariane konnte nicht einmal feststellen, ob sie zuhörten oder nicht. Sie sahen zufrieden und völlig desinteressiert aus. Da wurde Ariane wütend. Wie konnten diese Wesen nur so unglaublich gefühllos sein? Das war doch wirklich das Letzte. Ihretwegen war diese ganze Krise ausgebrochen. Sonst wäre es gar nicht nötig gewesen, dass Ariane in den Zauberwald kam.

„Ich bin hier gefangen!", brüllte Ariane. „Ihr versperrt mir den Weg nach Hause. Jaaa, ich weiß, euch geht's jetzt gut. Ihr fühlt euch rundum wohl und glücklich. Deshalb hängt ihr einfach so rum!"

„Meinst du, das ist die richtige Art, mit ihnen zu reden?", wisperte Yvelle ihr zu. „Was, wenn du sie verärgerst?"

Ariane achtete nicht auf sie. Zu deutlich konnte sie sich noch daran erinnern, wie sie sich unter dem Einfluss des Paxwurzelduftes gefühlt hatte. Die Wolkenwesen waren sogar regelrecht damit getränkt. Wenn sie es schaffte, diese Geschöpfe zu verärgern, würden sie wenigstens aus ihrer Betäubung gerüttelt.

„Ihr denkt, es gäbe kein Unglück und keine Schmerzen, stimmt's? Aber da täuscht ihr euch. Ich habe Heimweh. So sehr, dass ich die ganze Zeit heulen könnte. Und was glaubt ihr, wie es dem Elfenkönig geht, der in der Menschenwelt fest-

sitzt? Oder wie sich meine Mutter fühlen wird, wenn ich verschwunden bleibe?“

„Irgendwas tut sich da oben tun“, beobachtete Obligo.

Er hatte recht. Die Gesichter der Wolkenwesen wirkten überrascht, fast ein bisschen verstört.

„Mach weiter“, sagte Yvelle aufgeregt. „Es scheint zu funktionieren. Du bringst sie aus der Ruhe.“

Das brauchte sie Ariane nicht zweimal zu sagen. Sie hätte die Wolkenwesen mit bloßen Händen auseinandergerissen, wenn das möglich gewesen wäre. „Ich weiß, dass ihr die Hexen in den Zauberwald gelassen habt“, rief Ariane. „Sie haben es mir selbst erzählt. Und dass ihr seitdem durch beide Welten zieht.“ Jetzt wurden die Wolkenwesen tatsächlich unruhig. Sie formten immer neue Gestalten. Die Harmonie am Himmel schien gestört zu sein. „Ihr nehmt euch die Freiheit zu wählen“, fuhr Ariane fort. „Mich hingegen und den Elfenkönig sperrt ihr aus unserer Welt aus. Ihr zwingt uns, da zu leben, wo wir nicht hingehören und nicht sein wollen.“ Ein knurrendes Donnern zog durch die Wolkenschicht, die sich dunkler färbte. Nun sprach Ariane etwas sanfter: „Ich verlange nicht, dass ihr eure Familie verlasst. Ich bitte euch nur, dass ihr mir erlaubt, zu meiner zurückzukehren. Stellt mir eine Frage, wie ihr es früher getan habt. Fragt mich nach meiner Welt!“

Das Rollen des Donners wurde immer lauter und plötzlich schoss ein Blitz durch die dichte Wolkenschicht.

„Schnell“, flüsterte Yvelle. „Es kann jeden Augenblick so weit sein.“ Sie warf ihre Arme um Ariane und drückte sie fest an sich. „Ich hoffe, wir sehen uns wieder“, sagte sie und rutschte von Obligos Rücken.

Ariane zuckte erschrocken zusammen, als die Wolkenmünder sich öffneten und zum ersten Mal sprachen:

„Beides Wasser, gross und klein,
Wellen, Tropfen, klar und rein.
Das eine voller Trauer fliesst,
das andere die Welt umschliesst.
Doch der Geschmack ist stets derselbe.
Erinn’re uns und tu’s in bälde.“

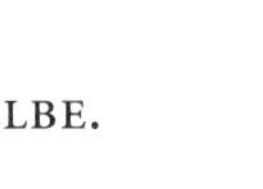

Ariane lächelte Yvelle erleichtert an, ehe sie wieder zu den Wolkenwesen aufblickte. Sie brauchte nicht zu überlegen, was sie meinten. Sie sprachen von Tränen und dem Meer.

„Salzig!“, rief sie. „Beides schmeckt salzig.“

Die Felsenfieslinge heulten auf, als einige Wolkenwesen seufzten und sich ein paar der riesigen Hände lösten. In der Mitte entstand eine Lücke und Obligo hob ab und hielt in rasendem Tempo darauf zu.

Ein krönender Schluss

Dann bist du mir nicht böse, Majestät, Herr Elfenkönig?", fragte Obligo wieder, während er über den nächtlichen Zauberwald glitt, in dem immer noch die Elfenfeuer hell brannten. „War auch gar keine Absicht nicht."

„Nein", sagte König Leandro. „Es ist ja alles gut ausgegangen."

„Hatte einfach vergessen, dass ich schon den Saft getrunken gehabt hab", erklärte Obligo erneut. „Und da puste ich und puste ..."

„Schon gut." Leandro wusste, dass der Drache log. In Obligos Gedanken waren die Bilder so klar und deutlich zu sehen, als wäre der Elfenkönig selbst dabei gewesen. Er sah den roten Drachen Lingua, der fuchsteufelswild Wurzelsaft versprühte. Doch er sah auch, dass sie später ihren Hals an Obligos rieb. „Die Kobolde sind wieder da, wo sie hingehören. Theodor, Knaster und Elvira sind zu Hause, die Weltengrenze ist intakt und da vorne erkenne ich schon den Elfenpalast. Alles ist gut."

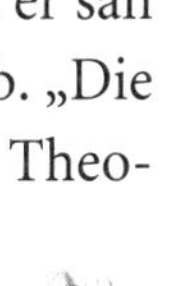

„Äh ... Eure Majestätlichkeit?", sagte Obligo. „Da

tät ich mir gar nicht so sicher sein, tät ich nicht. Da unten is voll die Hölle los."

Der Drache hatte recht. Eine Woge von Wut und grimmiger Entschlossenheit schlug dem Elfenkönig entgegen. Der Ansturm all dieser Emotionen fegte ihn beinahe von Obligos Rücken. Als sie näher kamen, erkannte Leandro eine Schar von Zauberwaldwesen, Fantastischen und Waldtieren. Sie schienen den Palast stürmen zu wollen. Als sie dicht über sie hinwegflogen, hörte der Elfenkönig sie rufen.

„Bertram, komm raus!"

„Los, du dämlicher Dachs, zeig dich!"

„Nieder mit dem Dachs!"

„Freiheit für den Zauberwald!"

„Meine Güte", sagte Leandro. „Sieht aus, als hätte mein Stellvertreter ganze Arbeit geleistet."

„Sollen wir flüchten, Königlicher?", schlug Obligo vor. „Wir könnten später wiederkommen, wenn sie den Dachs gefressen haben."

Leandro unterdrückte ein Schmunzeln. „Setz mich bitte im Turm ab."

Obligo flog eine Schleife über die versammelten Zauberwaldwesen. Sie brachen in Jubelgeschrei aus, als sie ihren König sahen. Leandro konnte fühlen, dass die Stimmung augenblicklich umschlug.

Der Drache hielt vor dem größten Turmfenster und wartete, bis der König von seinem Rücken geklettert war.

„Ich danke dir, mein Freund“, sagte der Elfenkönig. „Für mehr als du ahnst. Ich glaube, es ist an der Zeit, dir etwas zurückzugeben.“ Er knöpfte sein Menschenhemd auf und offenbarte den Brustpanzer. „Er hat mir das Leben gerettet.“

Obligo starrte auf die grünen Schuppen und dann auf seinen nackten Bauch. Schließlich grinste er breit.

„Hab mich immer gefragt, wo die wohl geblieben sein tun“, meinte er. „Und jetzt trägt sie der König. Hast Euch wohl geschämt wegen dem nackten Bauch und so? Kenn ich gut.“ Er überlegte. „Aber Ihr kannst sie behalten“, sagte er. „Is mir eine Ehre.“

Leandro verneigte sich und der Drache kicherte verlegen.

„Würdest du mich morgen wieder abholen? Ich möchte die Hexen besuchen und mich bei ihnen bedanken. Es ist ihr Verdienst, dass die Grenze wieder sicher ist. Und dass alle Wesen in ihrer Welt sind.“

„Äh …“

Leandro konnte Obligos Gedanken lesen, ehe der Drache sprach. Er war nicht der Ansicht, dass alle

Wesen dort waren, wo sie hingehörten. Ein Name schwang in seinen Gedanken – Yvelle. Oder war die kleine Hexe in Leandros Kopf, weil er gerade an die Hexen gedacht hatte? Der Elfenkönig war erschöpft. Welches Wesen könnte in der falschen Welt sein? Und dann glaubte Leandro zu verstehen, was Obligo meinte.

„Der Vogel!“, rief er. „Wir haben das Rotkehlchen vergessen!“

„Jap“, sagte Obligo schnell. „So isses. Dann bis morgen, Deiner Ehren.“ Und er flog davon.

Der Elfenkönig wandte sich um und ließ seinen Blick durch das Turmzimmer schweifen. Die Tür war von innen verschlossen und verbarrikadiert. Sein Schreibtisch stand davor, der Stuhl darauf und sämtliche anderen Möbelstücke. Bloß der Schrank war noch an seinem Platz. Wahrscheinlich war er Bertram zu schwer gewesen. Kopfschüttelnd schob der Elfenkönig alles weg und öffnete die Tür.

„Majestät!“ Es war Ernesto, der vor der Tür Wache hielt. „Ihr seid zurück! Und keinen Augenblick zu früh! Die wollen den Palast stürmen und dem Dachs das Fell abziehen.“

Leandro entdeckte ein paar Blätter mit seinem Siegel auf dem Boden neben einem Zylinderhut und hob eines auf.

„Spritzverbot für Nixen?", las er verwundert.

Ernesto nickte. „Das ist einer der Gründe", sagte er.

„Er hat sich hier drin verschanzt?", fragte der Elfenkönig.

„Das war mein Rat", meinte Ernesto betreten. „Ich wusste nicht, wie lange wir sie draußen halten können."

Der Elfenkönig blickte Ernesto überrascht an. „Ihr hättet ihn verteidigt?"

„Er war Euer Stellvertreter", sagte der Elf. „Und er hatte Euer Siegel."

„Du hast alles richtig gemacht. Geh jetzt bitte auf den Turm und lösch das Elfenfeuer. Und lass alle Zauberwaldwesen wissen, dass ich zurück bin. Die Grenze ist heil. Und keines dieser Blätter hat Gültigkeit. Alles bleibt beim Alten."

„Das wird sie freuen", meinte Ernesto erleichtert. „Danke, Majestät. Und … äh … ein außergewöhnliches Gewand tragt Ihr da."

Leandro nickte. Wenn der Elf wüsste, was sein König darunter trug!

Er schloss die Tür hinter Ernesto und wandte sich

dem Schrank zu. Erst holte er tief Luft, dann machte er die Schranktüren auf.

„Aaaaah!“, brüllte Bertram. „Tötet mich nicht!“

Er hockte auf dem Boden des Schrankes zwischen einem Haufen dicht beschriebener Blätter und alten Gewändern des Elfenkönigs. Um den Hals hatte er die Kristallkrone, die zu groß war für seinen Kopf. Den Spazierstock hielt er wie ein Schwert von sich gestreckt.

„Guten Abend, Bertram, alter Freund“, sagte Leandro trocken. „Ich glaube, du kannst jetzt da rauskommen.“

Bertram spähte unsicher an Leandro vorbei und schüttelte den Kopf. „Lieber nicht.“

„Glaub mir. Es ist ungefährlich. Niemand wird dir etwas tun."

Zögernd kletterte der Dachs aus seinem Versteck und glättete sein zerzaustes Fell. „Du kannst dir nicht vorstellen, was hier los war", sagte er mit vor Empörung und Angst zitternder Stimme. „Es war furchtbar, ganz furchtbar. Die sind alle wahnsinnig, sag ich dir. Alle. Fantastische und Waldtiere gleichermaßen."

„Ach ja?", sagte Leandro und hob ein paar der Blätter auf, die aus dem Schrank rutschten. „Und was ist das?"

„Äh ... nur Vorschläge", sagte Bertram hastig und versuchte, sie dem Elfenkönig wegzunehmen. „Für ein besseres Zusammenleben der ..." Unter Leandros Blick verstummte er. „Ich hab alles falsch gemacht", gab er niedergeschlagen zu. Er trottete zu einem Kissen und setzte sich darauf. „Absolut. Dabei hatte ich das Ganze so schön durchdacht. Es hätte großartig funktionieren müssen. Aber diese Waldwesen, die wollten einfach nicht mitspielen. Die wollten lieber weiterhin ihr Chaos haben und ihr zügelloses, ungeregeltes –"

„Leben?", fragte Leandro leise. „Ihre Freiheit?"

„Aber wenn jeder jede Freiheit hat, herrscht Chaos!“

„Bisher hat es immer ganz gut geklappt“, meinte Leandro.

„Ja, weil du dich darum gekümmert hast. – Wie mit der Weltengrenze. Chaos! Keine Regeln!“

„Wirf mal einen Blick aus dem Fenster.“

„Dann trifft mich ein Stein. Die Riesen können ganz gut zielen.“ Bei der Erinnerung daran rieb sich Bertram den Kopf. „Sie wollten ihre Keulen nicht abgeben.“

„Die Elfenfeuer sind erloschen“, sagte Leandro. „Die Gefahr ist gebannt.“

Bertram nickte. Er nestelte an seinem Hals und zog die Kristallkrone über den Kopf, die er Leandro reichte. „Sauschwer, das Teil. Und viel zu groß für mich. Und ich sag dir was, Kumpel – eine ungerechte, unmögliche, undankbare und unerträgliche Aufgabe hat man dir da in die Wiege gelegt. Entsetzlich! Wenn alles in Ordnung ist, denken die, sie brauchen einen nicht. Und wenn was schiefgeht, ist man an allem schuld.“

Leandro lächelte und nahm dem Dachs die Krone aus der Hand. „Dann willst du sie also nicht mehr?“

Verlegen druckste der Dachs herum. „Also hm … äh … ich wollte nie …“

„Ich weiß, dass du dir immer gewünscht hast, König zu sein“, sagte Leandro ruhig. „Wir sind zusammen aufgewachsen. Genau wie ich hast du bloß diese Krone gesehen und den Palast und hast alles schön gefunden. Genau wie ich hast du nicht geahnt, was es bedeutet, König zu sein.“

„Das hast du alles gewusst?“, hauchte Bertram. „Aber … aber warum hast du mich dann zu deinem Stellvertreter gemacht?“

„Weil man erst weiß, wie schwer diese Krone ist, wenn man sie einmal selbst getragen hat.“

Bertram sprang empört auf. „Dann war alles nur ein Streich? Ein Trick, damit ich von selber abhaue?“

„Nein“, sagte Leandro. „Du bist klug und hast immer gute Einfälle gehabt. Ich wusste, wenn es ein Problem geben sollte, dann wärst du da und würdest es lösen.“

Sein Freund lächelte geschmeichelt.

„Und wenn nicht, dann hättest du Zeit zu tun …“ Leandro betrachtete das Blatt mit dem Siegel. „Nun, was du getan hast.“

Bertram trat vorsichtig ans Fenster und blickte hinaus auf die Menge. „Sie ziehen ab“, sagte er. „Die ganze Bande. Guck sie dir an. Sie hassen mich abgrundtief.“

„Das legt sich wieder“, meinte der König tröstend.

„Ein paar von den Ideen sind trotzdem gut“, sagte Bertram trotzig.

„Ich werde sie mir genau ansehen“, versprach der Elfenkönig. „Und wenn du willst, bist du mir im Palast willkommen als mein Berater.“

„Pah, von wegen!“, rief Bertram. „Um nichts auf der Welt. Es ist furchtbar hier. Die Elfen lachen über mich. Meine Minister sind getürmt, die fiesen Feiglinge. Denen werd ich noch was erzählen …“

„Du willst nicht bleiben?“

„Ich will nach Hause“, sagte Bertram. „Jetzt sofort. Ich gehe auch zu Fuß …“ Er schielte den Elfenkönig an. „Es sei denn, es wäre eventuell möglich, dass vielleicht ein Farnfaun oder …“

Leandro lächelte, als der Greif seinen Kopf durch das Turmfenster steckte. „Ich habe mir erlaubt, ihn zu rufen“, sagte er. „Er bringt dich sicher zurück nach Hause.“

„Ist auch besser“, meinte Bertram. „Da sind immer noch jede Menge Leute unterwegs, die meinen Pelz gern als Schal tragen würden." Er streckte Leandro eine Pfote entgegen. „Es tut mir leid", sagte er.

„Mir nicht. Ich danke dir, mein Freund. Auf bald!"

Bertram kletterte durch das Fenster und stieg auf den Rücken des Greifs. „Zwei Dinge noch", sagte der Dachs. „Meinen Zylinder, bitte." Leandro holte ihn und reichte ihn Bertram. „Danke. Und ... unter der Decke dort sind ein paar Kreaturen, die heute Abend noch gefüttert werden müssen. Würmer und Beeren sind in der obersten Schreibtischschublade."

Leandro nickte verwundert und blickte dem Greif nach, bis er am Horizont verschwunden war. Dann trat er zu der Decke, die in einer Ecke des Zimmers über irgendwas geworfen worden war, und zog sie weg. Darunter standen der Vogelkäfig und eine kleine Kiste. Der Vogel fing sofort an zu zwitschern. Leandro öffnete die Kiste und fand darin gut zwanzig Nubbel in allen Farben, die friedlich schliefen.

„Nicht stören Nubbel", murmelte einer schlaftrunken.

Behutsam stellte der Elfenkönig den Käfig und die Kiste auf seinen Schreibtisch und setzte sich. Der

Dachs hatte tatsächlich Würmer und Beeren in die Schublade gestopft. Die Würmer hatten einige der Beeren bereits gefressen. Leandro nahm die, die noch gut waren, und warf sie in die Kiste zu den Nubbeln. Sofort wachten sie auf und machten sich darüber her.

Leandro beobachtete sie und seufzte. Es war schön, wieder zu Hause zu sein. Morgen würde er die Hexen besuchen, sich für ihr Geschenk bedanken und ihnen zu ihrem Erfolg gratulieren. Zu gerne wollte er hören, was sich auf dieser Seite der Grenze zugetragen hatte. Am liebsten von Yvelle. Der Elfenkönig freute sich darauf, die junge Hexe wiederzusehen. Er fragte sich, ob er auch seine Freunde aus der Menschenwelt noch einmal treffen würde. Da zitterte einer der Nubbel in der Kiste. Neugierig hob Leandro ihn auf und setzte ihn an sein Ohr. Der Nubbel steckte den Kopf hinein.

„Grüße aus Menschenwelt", sagte der Nubbel und Leandro erstarrte.

Er hatte völlig vergessen, die beiden Nubbel zurückzufordern, die er Erik und Ariane gegeben hatte. Die waren nun in der Menschenwelt geblieben.

Gleich darauf erzitterte ein weiterer Nubbel und

Leandro setzte ihn an sein anderes Ohr, wo der kleine Kerl seine Nachricht übermittelte. Als Leandro sie hörte, verschränkte er die Arme hinter dem Rücken und lachte vergnügt auf. Sie lautete: „Bis bald, Elfenkönig."

Zu Hause ist überall

Ich muss immer wieder an die Hexen denken", sagte Erik und warf achtlos ein paar Socken in seinen Koffer. „Ich meine, die Geschichte ist doch ... Kannst du dir das vorstellen? Dass sie einfach ausgewandert sind in eine Zauberwelt?"

Ariane zuckte die Schultern. „Vor dem letzten Sommer noch nicht", sagte sie. „Aber jetzt schlafen zwei Nubbel in der Zigarrenkiste, die mir Joachim geschenkt hat."

Erik kicherte. „Bei dir war das trotzdem was anderes. Du bist da reingezogen worden. Ein Drache hat dich entführt. Da hast du gar nicht groß überlegen müssen, ob es die Zauberwelt gibt oder nicht – du warst plötzlich drin. Aber hast du vorher schon dran geglaubt, dass es sie gibt?"

Ariane setzte sich im Schneidersitz auf Eriks Bett. „Nein", gab sie zu. „Obwohl ich oft dort gewesen bin. Im Kopf, meine ich. Jedes Mal, wenn ich eins meiner Bücher gelesen habe."

Nachdenklich stopfte Erik seine Badehose in den Koffer. „Denkst du, die Hexen werden sich weiterhin verkleiden?"

„Ich glaube schon“, sagte Ariane. „Wenn Yvelle einmal Vorsitzende des Hexenrates wird, vielleicht nicht mehr. Aber solange Irmelin entscheidet ... Immerhin weiß niemand von ihrem Geheimnis. Nur du, ich und Obligo.“

„Und der hat es wahrscheinlich schon wieder vergessen.“ Erik richtete sich auf und sah Ariane neugierig an. „Wie wäre das für dich gewesen?“, fragte er. „Ich meine, im Zauberwald zu leben?“

Darüber dachte Ariane eine Weile nach. „Ich hätte es gekonnt, wenn ich es gemusst hätte. Aber ich hätte meine Mama schrecklich vermisst. Und dich. Und Joachim. Und meine Freunde und ... eben alles hier.“

„Ich frage mich, wie es Leandro ergangen wäre, wenn er gezwungen gewesen wäre hierzubleiben.“

„Er hätte sich irgendwie angepasst und damit abgefunden“, meinte Ariane. „Aber es wäre bestimmt schwer gewesen.“ Sie warf einen Blick in Eriks Koffer. „Vergiss nicht, Platz für deine Konsole zu lassen. Oder nimmst du die ins Handgepäck?“

„Bist du verrückt? Die bleibt hier. In letzter Zeit hatte ich genug Abenteuer. Ich kriege schon einen Herzinfarkt, wenn ein Vogel zu laut singt.“ Sie kicherten. „Aber du kannst mir ja mal eins von deinen Büchern leihen."

„Lieber nicht", meinte Ariane. „Die sind viel zu aufregend für dich."

„Quatsch. Hast du denn eins über Elfen?"

„Sicher. Eines handelt von einem Elfenkönig und seiner Braut."

„Da wird doch nicht geknutscht, oder?", fragte Erik. „Meinst du, Leandro wird mal heiraten? Ich glaube, er ist viel zu vernünftig dafür. Aber vielleicht lädt uns Obligo ja zu seiner Hochzeit ein."

„Eher zu seiner Beerdigung. Gegen Lingua hat der keine Chance."

„So sind die Weibchen halt."

Ariane warf Erik gerade das Kissen gegen den Kopf, als die Tür zu seinem Zimmer aufging.

„Na, ihr zwei?", sagte Linda. „Streitet ihr auch schön?"

„Ja, danke", sagte Ariane.

„Wir müssen uns auf Vorrat zanken, weil ich ab morgen früh weg bin", erklärte Erik.

„Wir wollen auch gar nicht lange stören", sagte Linda und kam zusammen mit Eriks Vater ins Zimmer. „Aber wir haben uns was überlegt wegen der

Sommerferien und wollten fragen, was ihr davon haltet.“

Erik holte einen Stapel T-Shirts aus seinem Schrank und versuchte, sich seine Verdrießlichkeit nicht anmerken zu lassen. Was auch immer die drei in den Ferien tun würden – ihn ging das nichts an. Er würde bei seiner Mutter in Dänemark sein.

„Ihr wisst ja, dass ich in letzter Zeit viel Post von Kindern bekommen habe“, sagte Linda. „Inzwischen sind es fast zweihundert Briefe von Lesern, denen *Der Zauberfluch des Elfenkönigs* gefallen hat.“

Ariane und Erik nickten.

„Einige wollen, dass ich ihnen bei Referaten über das Buch helfe. Die meisten schreiben einfach, dass sie die Geschichte toll finden. Es würde mich nicht wundern, wenn Obligo bald einen eigenen Fanklub hätte …“ Linda grinste. „Und sehr viele wollen wissen, ob es eine Fortsetzung geben wird. Mein Verlag hält das für eine gute Idee. Ich auch. Aber das heißt, dass ich in den Ferien an der Geschichte arbeiten muss. Und nachdem ihr zwei diese wunderschöne Idee für das letzte Buch hattet, da wäre es doch blöd, wenn ich meine beiden Musen aus den Augen lassen würde.“

Erik hörte auf zu packen und starrte Linda an. „Du meinst …“

Linda nickte.

„Wir fliegen nach Dänemark“, sagte Eriks Vater. „Alle. Linda, Ariane und ich haben einen Flug für übermorgen. Und ein schönes Hotel direkt am Strand, keine fünf Minuten vom Haus deiner Mutter. Ich habe schon mit ihr telefoniert und sie freut sich.“

„Außerdem würden Ariane und ich gerne dein anderes Zuhause sehen“, fügte Linda hinzu. „Wenn du nichts dagegen hast, Erik.“

„Ich kann natürlich nicht die ganze Zeit bleiben“, meinte Joachim. „Aber zwei Wochen hab ich mir freigenommen. Und vielleicht komme ich später für ein verlängertes Wochenende noch mal nach. Was meint ihr?“

Ariane stieß einen Freudenschrei aus und hüpfte auf dem Bett herum. Erik vollführte einen Luftsprung. So schnell hatten sich alle Sorgen in Luft aufgelöst. Er brauchte nicht ein Zuhause zu verlassen, um in ein anderes heimzukehren. Ihm kam sogar der Verdacht, dass ein Zuhause vielleicht gar kein Ort war. Es war immer dort, wo die waren, die einem am Herzen lagen.

„Das ist die beste Idee aller Zeiten!“, rief er.

„Super, grandios, drachenmäßig cool!“, stimmte Ariane zu.

Linda und Joachim lächelten einander an. „Uneingeschränkte Zustimmung vom Nachwuchs“, meinte er. „So was erlebt man auch nicht oft. Genießen wir es … Ich hole die Koffer aus dem Keller.“

Als er gegangen war, wurde Linda ernst. Sie setzte sich zu Ariane aufs Bett und sah die beiden Kinder bittend an.

„Spaß beiseite“, sagte sie. „Ich habe nicht den Schimmer einer Idee, wie es im Zauberwald weitergehen könnte … Vielleicht fällt euch beiden ja was ein?“

Erik grinste Ariane an und setzte sich ebenfalls aufs Bett.

„Weißt du noch, neulich, als ich im Museum war?“, fragte er und Linda nickte. „Da hat plötzlich der *Megalosaurus* mit dem Schwanz gewedelt.“

„Blödsinn“, sagte Linda.

„Nein, nein, hat er“, fuhr Erik fort. „Da waren nämlich drei Kobolde im Museum, die mit ihm gespielt haben.“

„Du meinst Affen …“, sagte Linda.

Erik grinste. „Nein, Kobolde. Aber für Menschen,

die nicht an Märchen glauben, haben sie ausgesehen wie Affen."

Jetzt kapierte Linda. Sie grinste breit. „Und wie sind diese Kobolde in die Menschenwelt gekommen?", fragte sie.

„Genau so wie das Rotkehlchen in den Zauberwald gekommen ist", erklärte Ariane. „Das hat die kleine Hexe ganz schön erschreckt."

„Dann haben die Wolkenwesen nicht aufgepasst?", fragte Linda.

„Das ist eine laaaange Geschichte", meinte Erik.

„Und wie heißt sie?"

Ariane und Erik blickten einander an. Sie konnten zwar nicht Gedanken lesen wie die Elfen, aber sie wussten auch so, dass sie den gleichen Einfall hatten. Und wie aus einem Munde sagten sie:

„Der Feuerflug des Elfenkönigs."

DANKE

Wer aus der Menschenwelt in den Zauberwald gelangen will, reitet am besten auf dem Rücken eines Drachen. Alles andere ist beschwerlich und kompliziert. Wieder aus dem Zauberwald herauszukommen ist sogar noch verzwickter. Diese Reise hätte ich nicht ohne Gefährten antreten können.

- *Meine Lektorin Anna Madouche hat für mich den Drachen gesattelt und war immer da, wenn ich den Weg verlor.*
- *Mein Freund Norman hat die Wolken vertrieben – und mir die Sonne geschenkt.*
- *Mein Bruder Brandon lauschte aus der Ferne der Wolkenweise.*
- *Meine Loewin Alex Borisch zeigte mir, wie man mit Engelszungen spricht.*
- *In der Höhle der Loewen fand ich zu jeder Zeit Unterschlupf und Unterstützung.*
- *Ein großes Dankeschön gilt den Lesern und Leserinnen, die mir Briefe und E-Mails geschickt haben und sich wünschten, Ariane und Erik würden noch einmal in den Zauberwald reisen. Euch gehört diese Geschichte.*

Vanessa Walder wurde 1978 in Heidelberg geboren und wuchs in Wien auf. Ihr Traumberuf stand schon früh fest: Anwältin. Darum studierte sie auch einige Semester Jura. Erst als eine ihrer Kurzgeschichten veröffentlicht wurde, kam sie auf den Gedanken, ihr Hobby zum Beruf zu machen. Mit neunzehn brach sie das Studium ab und arbeitete zunächst als freie Journalistin, dann als Chef vom Dienst für ein Jugendmagazin. Im Jahr darauf schrieb sie den ersten von insgesamt sechzehn Bänden der Jugendserie „sisters“ und machte sich als Schriftstellerin selbstständig. Seither erschienen vor allem im Loewe Verlag zahlreiche Kinder- und Jugendbücher, die bisher in neunzehn Sprachen übersetzt wurden. Selbst übersetzt Vanessa Walder Bücher aus dem Englischen und schreibt für Film und Fernsehen. Wenn sie nicht unterwegs auf Lesereise ist, lebt sie in Wien und in Niederösterreich.